用漢字學日本慣用語

漢字で学ぶ日本語慣用表現

廣東話普通話對照300例

李燕萍 片岡新 編著

商務印書館

掃碼即聽
日粵普三語錄音

目次

3 行為篇

4 人 篇

5 動物篇

5.1 天上

5.2 陸上

5.3 水中

6 顔色篇

7 身體部位篇

7.1 上半身

7.2 四肢

7.3 內臟

7.4 其它

8 時間篇

9 物料篇

10 植物篇

11 地方篇

12 大自然篇

13 金錢篇

14 鬼神篇

15 交通篇

前言

香港有不少人因為喜歡去日本旅遊、吃日本美食、看日本動漫、玩日本電子遊戲等原因，萌生了學習日文的想法。然而傳統學習方法往往要求先掌握平假名和片假名，直到高階程度才有機會接觸日常使用的慣用語，讓人覺得要學會日文慣用語似乎非常困難。

這本書為認識漢字的讀者提供了一個快速學習的方法：1. 運用漢字學習：日文中有大量漢字，先從包含漢字的慣用語開始學習，易於理解和掌握；2. 藉助熟悉口語：書中所有日本慣用語及例句均附有廣東話和普通話對譯，方便記憶；3. 結合背景資料：了解每句慣用語的來龍去脈，學習過程生動有趣；4. 使用拼音學習發音：不需要學平假名或片假名，就可以輕鬆學習日本慣用語發音。

我們精選了當今日本社會使用頻率較高的 300 例慣用語，適合以下讀者：1. 日文零基礎的華人讀者；2. 正在學習日文、想了解日本慣用語由來的學員；3. 想讓學生了解日本慣用語用法及背景的日文老師；4. 想學習廣東話或普通話的日本人；5. 對日本語言、文化、歷史、社會感興趣的華人。

本書收錄的慣用語有八大特點：1. 每句慣用語最少有兩個

漢字，例如：「社畜」(為公司做牛做馬的員工)；2. 日文／廣東話／普通話對譯，例如：口寂しい／口痕／嘴饞；3. 每句慣用語都有日文／廣東話／普通話三種文字的拼音及錄音，例如：食い逃げ kui nige ／食霸王餐 sik[6] baa[3] wong[4] caan[1] ／吃霸王餐 chī bà wáng cān；4. 細緻分為十五個類別：包括飲食、數字、行為、人、動物、身體部位、鬼神等。有些類別再細分為小類，例如：動物分三類(天上・陸上・水中)；5. 文字遊戲：通過猜謎的方式激發讀者思考；6. 有些慣用語具有日本特色，例如：「寿司(すし)詰め状態」，用來比喻上班族通勤時在交通工具上擠得像飯盒裏的壽司一般；7. 有些慣用語生動有趣，例如：「猫の手も借りたい」，用「忙到連貓的手都想借」來比喻忙得焦頭爛額，希望有人幫忙；8. 有些慣用語來自日本傳説，例如：「眉唾物」。傳説狐狸數出某人眉毛的數量就可以欺騙他，為防受騙，人們便將唾液抹在眉毛上，讓狐狸無法計數。如今，「眉唾物」被用來比喻不可輕信他人。

經過歸納分析，我們發現這 300 例慣用語有五個不同語源：1. 中國：七世紀聖德太子派遣使節和留學生到中國學習，此後漢字逐漸傳入日本，如今日本小學生也開始學習漢字。很多中國成語到現代仍在使用，例如：「蛇足」(畫蛇添足)；2. 西方：十九世紀明治維新，日本全盤西化，借入很多西方名言，例如：「Truth is stranger than fiction」被翻譯成「事実は小説よりも奇なり」(真相比小説更離奇)；3. 佛教：六世紀傳入日本，很多慣用語都與佛教有關，例如：「一期一会」源自十六世紀佛教用語；4. 古代日本：許多古代傳説後來演變成現代的慣用語，例如：八世紀出版的《日本書紀》所記載「浦島太郎」的傳説。現代日本人用「浦島太郎狀態」來比喻一個人離開本地後，回來發現人事物都已改變；5. 現代日本：因特定事件而產生的流行語發展成慣用語，例如：大眾創造新詞「塩対応」來揶揄女子偶像團體「AKB48」中某個偶像對粉絲的態度十分冷淡。

本書不僅展示了日本語言文化的融合、演變與發展，還折射出日本不同年代社會各階層的面貌和人間百態。我們編寫的時候一面學，一面寫，非常愉快。希望各位讀者看了這本書後，再看日本的電視劇、電影、動漫、漫畫時，能更輕鬆理解其中內容；在日本與當地市民聊天時，可以用很地道的日本慣用語交流，給對方帶來驚喜。

日本人經常把慣用語掛在嘴邊，希望大家能通過本書快速學會實用的慣用語，盡情享受學習日文的樂趣吧！

使用說明

4 寿司詰め状態

すしづめじょうたい

sushi zume jōtai

直譯：在飯盒裝滿了壽司的狀態。

解說：繁忙時間乘客在車廂裏很擁擠的情況。

廣東話 逼到好似沙甸魚噉

bik[1] dou[3] hou[2] ci[5] saa[1] din[1] jyu[2] gam[2]

普通話 擠得像沙丁魚罐頭

jǐ de xiàng shā dīng yú guàn tóu

例句

每日寿司詰め状態の地下鉄で通勤している。

我每日搭地鐵返工，都逼到好似沙甸魚噉。

我每天坐地鐵上班，都擠得像沙丁魚罐頭。

解說

「寿司詰め状態」可以寫成「すし詰め状態」或「鮨詰め状態」。這句話源於壽司包裝在盒子裏，為了防止運送時鬆散，將壽司緊密地排在一起。這句話用來比喻車廂內乘客很擁擠。近年有些鐵路的路線在高峰時段提供「有料着席サービス」，只要多付300－700 yen 便可以確保有座位。

廣東話和普通話都受英文「packed like sardines」影響，用「沙丁魚」來形容擠迫的情況。日文用「壽司」來形容，具有日本地方色彩。

004 用漢字學日本慣用語

日本慣用語

附加日語拼音

日中對照

廣東話文字、普通話文字，附加拼音

例句

日語例句

廣東話對照

普通話對照

慣用語解說

介紹來龍去脈及使用情況

---

1 語文遊戲 按照日文，填上中文對照空白處。

日文 繪に描いた餅

えにかいたもち

e ni kaita mochi

中文 (　)(　) 談兵

答案是「紙上談兵」：(廣) zi[2] soeng[6] taam[4] bing[1]，(普) zhǐ shàng tán bīng。

解說：用「畫出來的餅」來比喻不切實際。

語文遊戲 1

按照日文，填上中文對照空白處。

---

2 語文遊戲 按照中文，選擇正確日文填入空白處。

中文 家常便飯

廣：gaa[1] soeng[4] bin[6] faan[6]

普：jiā cháng biàn fàn

日文 日常(　)飯事

(　)是：1. 湯 2. 茶 3. 水

答案是 2「日常茶飯事」：にちじょうさはんじ，nichijō sahanji。

解說：用「喝茶吃飯」來比喻日常發生的事情。

語文遊戲 2

按照中文，選擇正確日文填入空白處。

學習日語溫馨提示

1. 文字系統

書寫日語時，本書會採用四種文字：漢字、平假名、片假名、日語拼音（Roma-ji）。

✧ **漢字**：表示概念，例如：可愛、子、旅（可愛い子には旅をさせよ）。

✧ **平假名**：表示語法關係，例如：主語「は」、賓語「を」、動詞詞尾「ぶ」（類は友を呼ぶ）。

✧ **片假名**：表示外來語，例如：ドジョウ（柳の下のドジョウ）。

✧ **日語拼音** (Roma-ji)：用 Roma-ji 表示發音。本書慣用語都附有 Roma-ji，例如：二の舞 ninomai 。

2. 基本語序

中文：	主語	動詞	賓語
	我	吃	壽司。
日文：	主語	賓語	動詞
	私は	寿司を	食べる。

用助詞「は」表示主語，用助詞「を」表示賓語。

3. 否定詞的位置

中文： 否定詞　動詞

不　去

日文： 動詞　否定詞

行か　ない

在日語慣用語中會出現兩種否定詞：一種是現代日語否定詞，另一種是古代日語否定詞。否定詞一般都用平假名寫，沒學過日語平假名的讀者可以注意以下幾個否定詞。

✧ **現代日語否定詞**：ない（犬も食わない）

✧ **古代日語否定詞**：ず（立つ鳥跡を濁さず）・ぬ（腹が減っては戦はできぬ）・なし（努力に勝る天才なし）

4. 動詞和形容詞詞尾變化

日語的動詞和形容詞在表示否定、過去、進行、被動等語法意義時，會產生不同的詞尾變化。本書的日本慣用語在實際應用中，動詞和形容詞受到不同因素的影響，會出現不同詞尾，例如：

否定形	223	食う ➡ 食わない
過去形	13	食う ➡ 食った
進行形	106	被る ➡ 被っている
被動形	142	切る ➡ 切られる
て形（動詞）	151	見る ➡ 見て
て形（形容詞）	158	寂しい ➡ 寂しくて

1 飲食篇

1　語文遊戲

按照日文，填上中文對照空白處。

日文　　中文

絵に描いた餅　　**(　　)(　　)談兵**

えにかいたもち
e ni kaita mochi

答案是**「紙上談兵」**：(廣) zi[2] soeng[6] taam[4] bing[1]，
(普) zhǐ shàng tán bīng。

解說：用「畫出來的餅」來比喻不切實際。

2　語文遊戲

按照中文，選擇正確日文填入空白處。

中文　　日文

家常便飯　　**日常(　　)飯事**

廣：gaa[1] soeng[4] bin[6] faan[6]

普：jiā cháng biàn fàn

(　　)是：1. 湯 2. 茶 3. 水

答案是 2**「日常茶飯事」**：にちじょうさはんじ，nichijō sahanji。

解說：用「喝茶吃飯」來比喻日常發生的事情。

3 食い逃げ

くいにげ

kui nige

直譯：吃飯逃走。

解說：吃飽了飯，沒有付錢就逃跑。

食霸王餐

sik[6] baa[3] wong[4] caan[1]

吃霸王餐

chī bà wáng cān

例 句

警察は防犯カメラで食い逃げの犯人を捜しだした。

警方喺閉路電視搵到食霸王餐嗰個人。

警方在監視器裏找到吃霸王餐那個人。

4 寿司詰め状態

すしづめじょうたい

sushi zume jōtai

直譯：在飯盒裝滿了壽司的狀態。

解說：繁忙時間乘客在車廂裏很擁擠的情況。

廣東話 逼到好似沙甸魚噉

bik1 dou3 hou2 ci5 saa1 din1 jyu2 gam2

普通話 擠得像沙丁魚罐頭

jǐ de xiàng shā dīng yú guàn tóu

例　句

每日寿司詰め状態の地下鉄で通勤している。

我每日搭地鐵返工，都逼到好似沙甸魚噉。

我每天坐地鐵上班，都擠得像沙丁魚罐頭。

解　說

「寿司詰め状態」可以寫成「すし詰め状態」或「鮨詰め状態」。這句話源於壽司包裝在盒子裏，為了防止運送時鬆散，將壽司緊密地排在一起。這句話用來比喻車廂內乘客很擁擠。近年有些鐵路的路線在高峰時段提供「有料着席サービス」，只要多付300—700 yen 便可以確保有座位。

廣東話和普通話都受英文「packed like sardines」影響，用「沙丁魚」來形容擠迫的情況。日文用「壽司」來形容，具有日本地方色彩。

5 棚から牡丹餅

たなからぼたもち

tana kara botamochi

直譯：從架子上掉下來的紅豆餅。

比喻：運氣好，有意外收穫。

個天跌落嚟

go[3] tin[1] dit[3] lok[6] lai[4]

天上掉餡餅

tiān shàng diào xiàn bǐng

例　句

友達が急用でコンサートに行けなくなり、
チケットをくれた。まさに棚から牡丹餅だ。

朋友有事唔去得演唱會，送張飛畀我。真係個天跌落嚟嘅！

朋友有事不能去演唱會，把門票送給我。真是天上掉餡餅啊！

解　說

「棚から牡丹餅」來自民間故事：一個人在架子下面張開嘴巴睡覺，突然有一個「牡丹餅」（紅豆餅）掉下來，剛好掉進他的嘴巴。「牡丹餅」象徵吉祥，用來比喻因為運氣好，所以有意外收穫，類似中文「喜從天降」。

6 新米

しんまい

shin mai

直譯：新收成的稻米。

比喻：開始學習的新人。

廣東話 新手

san¹ sau²

普通話 新手

xīn shǒu

例句

彼女は新米ママだから育児の仕方がわからない。

佢係新手媽咪，唔識湊仔。

她是新手媽媽，不會照顧小孩。

解說

江戶時代的人認為沒有經驗的新人就好像「沒有顏色的白米」，所以用「新米」來形容沒有經驗的新人，一直沿用至今。而中國人就用「沒有顏色的白紙」來形容沒有經驗的新人。

日本與中國都用「白」來比喻沒有經驗，但是日本用「米」，而中國用「紙」來比喻「人」。

7 瓜二つ

うりふたつ

uri futatsu

直譯：一個瓜切成兩半。

比喻：家庭成員樣貌相似。

成個餅印噉

seng⁴ go³ beng² jan³ gam²

長得一模一樣

zhǎng de yī mú yī yàng

例句

あの姉妹は瓜二つだ。

佢哋兩姊妹成個餅印噉。

她們兩姊妹長得一模一樣。

解說

「瓜二つ」的「瓜」指「葫蘆瓜」亦泛指所有的瓜，「二つ」指切成兩半。因為葫蘆瓜切成兩半的樣子很相似，所以用來比喻：1. 親屬樣貌相似；2. 非親屬的樣貌相似；3. 產品的外貌、功能相似；4. 親屬的性格、態度、行為相似；5. 非親屬的性格、態度、行為相似。

8 隱し味

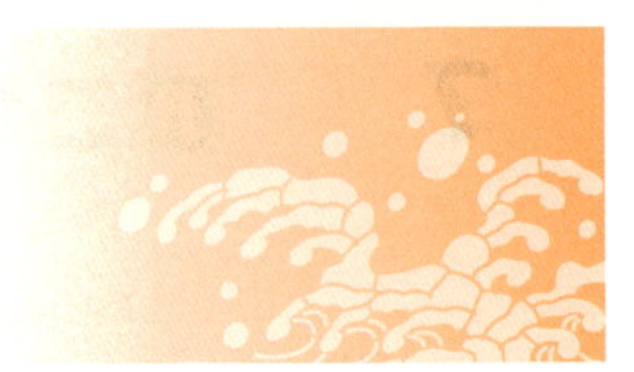

かくしあじ

kakushi aji

直譯：隱藏的味道。

比喻：烹調時加一點調味品，能夠增添食物風味。

吊味

diu^{3} mei^{6}

提味兒

tí wèir

例 句

カレーを作る時、隠し味としてハチミツを少し加える。

整咖喱雞嗰陣時，加少少蜜糖可以吊味。

做咖喱雞的時候，加少量蜂蜜可以提味兒。

解 説

「隠し味」指烹調時加上少量調味品來提味兒，例如：1. 日本麵豉湯（加入兩三種不同風味的味噌和少量味醂）；2. 日式生薑燒（用鹽麴醃豬肉）。

9 塩対応

しおたいおう

shio taiō

直譯：鹽對應。

比喻：反應冷淡。

反應冷淡

faan[2] jing[3] laang[5] daam[6]

反應冷淡

fǎn yìng lěng dàn

例　句

今朝彼女が塩対応していたのは具合が悪かったからだ。

佢今朝對你反應冷淡係因為佢唔舒服。

她今天早上對你反應冷淡是因為她不舒服。

解　說

2005 年成立的女子偶像團體「AKB48」，到 2025 年仍然深受日本人喜愛。每年的「握手會」偶像都會感謝粉絲支持。因為其中有一個偶像對粉絲的態度十分冷談，引起大眾不滿，所以有人創造了「塩対応」這個新詞來揶揄她。

這個新詞很快發展成為流行語，大家用來形容：1. 對方回應非常冷淡；2. 服務員招待不周。後來更衍生出反義詞「神対応」來形容：1. 對方回應非常熱烈；2. 服務員招待非常周到親切。

10 胡麻をする

ごまをする

goma o suru

直譯：磨芝麻。

比喻：對地位高的人阿諛奉承。

廣東話 **擦鞋**

caat3 haai4

普通話 **拍馬屁**

pāi mǎ pì

例 句

上司に胡麻をするような奴は嫌いだ。

我最憎嗰啲擦鞋仔。

我最討厭那些拍馬屁的人。

解 說

「胡麻をする」本來是形容磨碎後黏在棍子及容器上的芝麻。後來大家用來比喻那些人對地位高的人阿諛奉承，希望得到好處。

不少日本人吃白飯或壽司都喜歡灑上芝麻，因為加上芝麻不但吃起來更有滋味，而且具有豐富的營養價值。

11 手前味噌

てまえみそ

temae miso

直譯：我的味噌。

比喻：誇耀自己。

認叻

jing[6] lek[1]

自誇

zì kuā

例句

手前味噌になっちゃいますが、私の入れるコーヒーはホテルのよりおいしいんです。

唔係認叻，我沖嘅咖啡好飲過酒店㗎！

不是自誇，我沖的咖啡比酒店的好喝！

解説

日本人在自誇前喜歡用「手前味噌」來做開場白。這句話來自室町時代，農民製作味噌後，都説自家的味噌最好。到了現代，市面上很多品牌的味噌都註明「手前味噌」來表示是最好的味噌。

12 お袋の味

おふくろのあじ

ofukuro no aji

直譯：媽媽煮的菜。

比喻：媽媽用愛心做的菜，充滿溫暖。

媽媽煮嘅嘢

maa4 maa1 zyu2 ge3 je5

媽媽做的菜

mā ma zuò de cài

例　句

海外留学の時、一番懐かしくなるのはお袋の味だ。

我去外國讀書，最掛住媽媽煮嘅嘢。

我出國留學，最想念媽媽做的菜。

解　説

鎌倉時代貴族的孩子稱媽媽「御袋」。到了現代仍然有男孩成年後叫媽媽「お袋」(御＝お)，所以日本人會用「お袋の味」來比喻媽媽用愛心做的菜。很多日本人懷念媽媽做的菜包括：咖喱飯、蛋包飯、味噌湯、餃子、可樂餅、飯糰等。日本食肆看到商機，無論在飯堂、餐館都可以吃到類似媽媽做的家常小菜。

13 同じ釜の飯を食う

おなじかまのめしをくう

onaji kama no meshi o kuu

直譯：同吃一鍋飯。

比喻：曾經一起經歷過有福同享，有難同當的日子。

廣東話 曾經同甘共苦

cang4 ging1 tung4 gam1 gung6 fu2

普通話 曾經同甘共苦

céng jīng tóng gān gòng kǔ

例 句

大学の時のルームメイトは同じ釜の飯を食った仲間だ。

大學嘅室友係同我曾經同甘共苦嘅死黨。

大學的室友是與我曾經同甘共苦的死黨。

解 説

日本最早的的炊具是「陶釜」。奈良時代開始出現「鐵釜」和「木釜」。到了 1940 年代發明「電気炊飯器」（廣東話 / 普通話：電飯煲）。

現代用「同じ釜の飯を食う」來比喻：1. 一起長大的好朋友；2. 學校的同學；3. 球隊的隊員；4. 公司的同事。

14 痩せの大食い

やせのおおぐい

yase no ōgui

直譯：瘦的人吃得多。

比喻：怎麼吃都吃不胖。

廣東話 **食極都唔肥**

sik^6 gik^6 dou^1 m^4 fei^4

普通話 **怎麼吃都吃不胖**

zěn me chī dōu chī bu pàng

例 句

君は痩せの大食いで、本当に羨ましいよ。

你食極都唔肥。我好羨慕你呀！

你怎麼吃都吃不胖。我很羨慕你啊！

解 説

「痩せ」指瘦的人，「 大食い」指吃得多。一般來説，吃得多會胖。我們看到日本舉行「大食漢」（大胃王）比賽的冠軍多數都不是大胖子，所以「痩せの大食」可以用來形容怎麼吃都吃不胖的人。

日本岩手縣的盛岡有一種「蕎麥麵料理」。顧客去麵館點「Wanko 」（小碗蕎麥麵），通常男人能吃 60 碗，女人能吃 30 碗。偶爾吃得多也不會胖，你下次去日本，可以去挑戰自己的食量啊！

15 手塩にかける

てしおにかける

teshio ni kakeru

直譯：用手灑鹽巴。

比喻：親自悉心栽培。

栽培

zoi[1] pui[4]

栽培

zāi péi

例　句

彼女が手塩にかけた息子が医者になった。

佢成功栽培個仔做醫生。

她成功栽培兒子成為醫生。

解　說

江戶時代的日本人吃飯時，飯桌上都會有一小碟鹽巴，讓吃飯的人按照自己的口味加上鹽巴。到了現代，「手塩にかける」用來比喻親自悉心栽培人材，包括：1. 父母培育子女；2. 上司栽培下屬；3. 老師栽培學生；4. 專業人士栽培學員；5. 學社的前輩栽培後輩。

16 焼き餅を焼く

やきもちをやく

yakimochi o yaku

直譯：烤年糕。

比喻：嫉妒。

廣東話 呷醋

haap3 cou3

普通話 吃醋

chī cù

例句

彼女が別の男とおしゃべりしているのを見て彼は焼き餅を焼いた。

佢睇見女朋友同男仔傾偈就呷醋。

他看見女朋友跟男生聊天就吃醋。

解說

「焼き餅を焼く」這個詞組的組合是：「焼き餅」（年糕）＋動詞「焼く」（烤）。比喻情人或家人嫉妒時產生酸溜溜的感覺。這句話的由來有兩個說法：1.「焼く」與「妬く」同音；2. 一個人吃醋時，臉頰從白色變成焦糖色，而且膨脹起來，像燒好的年糕。「焼き餅を焼く」還可以寫成：やきもちを焼く。

17 食わず嫌い

くわずぎらい

kuwazu girai

直譯：未吃過就討厭。

比喻：拒絕吃從未吃過的食物。

廣東話 **連試都唔想試**

lin[4] si[3] dou[1] m[4] soeng[2] si[3]

普通話 **連試都不想試**

lián shì dōu bù xiǎng shì

例句

専門家が納豆が体にいいと言うのに、食わず嫌いをする人がいる。

雖然專家話食納豆對身體好，但係有啲人連試都唔想試。

雖然專家説納豆吃對身體好，但是有些人連試都不想試。

解說

「食わず嫌い」指有「先入為主」的偏見。使用的範圍包括：1. 沒吃過的食物已經討厭吃，例如：蔬菜；2. 沒試過就已經討厭做某項活動，例如：畫畫；3. 沒見過的人假設會不喜歡。例如：相親。

18 滅茶苦茶

めちゃくちゃ

mecha kucha

直譯：混亂。

比喻：雜亂無章。

廣東話 **撈攪**

laau[2] gaau[6]

普通話 **亂七八糟**

luàn qī bā zāo

例句

弟の部屋はいつも滅茶苦茶で物が見つからない。

細佬間房好撈攪，成日搵唔到嘢。

弟弟的房間亂七八糟，常常找不到東西。

解說

「滅茶苦茶」來自「無茶苦茶」。「無茶」指不給訪客奉茶，「苦茶」指奉上苦茶，兩者都是形容不合禮儀。「滅茶苦茶」現代用來指雜亂無章。使用情況包括：1. 說話不合邏輯；2. 寫的文章沒有條理；3. 亂放東西，地方凌亂不堪。近年受到關西話影響，引申為「非常」，例如：「滅茶苦茶可愛い」（非常可愛）。

19 門前払いを食う

もんぜんばらいをくう

monzen barai o kuu

直譯：在門前被趕走。

比喻：要求被拒絕。

廣東話 食閉門羹

sik6 bai3 mun4 gang1

普通話 吃閉門羹

chī bì mén gēng

例句

予約をせずにレストランへ行って、門前払いを食った。

我冇訂位，去到餐廳食閉門羹。

我沒有訂位，去到餐廳吃閉門羹。

解說

「門前払いを食う」來自江戶時代，地方官衙將罪犯逐出衙門之外，作為最輕的懲罰。現今這句話用來比喻被拒於門外。

20 濡れ衣を着せられる

ぬれぎぬをきせられる

nureginu o kiserareru

直譯：被強逼穿濕的衣服。

比喻：被冤枉犯罪。

廣東話 **食死貓**

sik6 sei2 maau1

普通話 **背黑鍋**

bēi hēi guō

例 句

上司がミスをしたのに、私が濡れ衣を着せられた。

上司做錯嘢，要我食死貓。

上司做錯事，要我背黑鍋。

解 説

「濡れ衣を着せられる」來自一個民間故事：一個壞繼母將丈夫（職業是漁夫）被海水打濕的袍子藏在繼女的房間裏，然後誹謗繼女收藏一個男人。每當一個人被冤枉時，會用這句話來形容。

2
數字篇

21 語文遊戲

按照日文，填上中文對照空白處。

日文　　中文

六十の手習い　**（　　）到老（　　）到老**

ろくじゅうのてならい
rokujū no tenarai

答案是**「活到老學到老」**：(廣) wut6 dou3 lou5 hok6 dou3 lou5，
(普) huó dào lǎo xué dào lǎo。

解說：用「六十歲才學習」來比喻學習永遠不晚。

22 語文遊戲

按照中文，選擇正確日文填入空白處。

中文　　日文

精神奕奕　**元気一（　）**

廣：zing1 san4 jik6 jik6

普：jīng shén yì yì

（　）是：1. 枚 2. 個 3. 杯

答案是 3**「元気一杯」**：げんきいっぱい，genki ippai。

解說：用「充滿精神」來比喻精神飽滿。

23 腹八分

はらはちぶ

hara hachi bu

直譯：腹八分滿。

比喻：吃飯吃八分飽。

食八成飽

sik6 baat3 sing4 baau2

吃八分飽

chī bā fēn bǎo

例句

専門家の話ではご飯は腹八分が体に良い。

專家話食八成飽對身體好。

專家說吃八分飽對身體好。

24 一推し

いちおし

ichi oshi

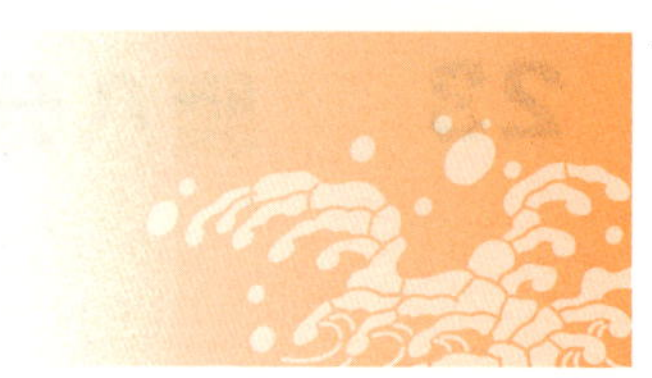

直譯：首先推薦。

比喻：最值得推薦的。

廣東話 **最鍾意嘅**

zeoi3 zung1 ji3 ge3

普通話 **最喜歡的**

zuì xǐ huan de

例　句

彼が私の一推しの俳優だ。

佢係我最鍾意嘅演員。

她是我最喜歡的演員。

解　說

「一推し」的「一」指「首先」或「最」。「推」指「推介」。近年很多人將「一推」的「一」省略，「推し」用來指「非推介給大家不可的人、地方、東西」，例如：1. 人物：明星、歌星、聲優、作家，運動員、作品中的虛構角色等；2. 地方：餐廳、旅遊點、情侶好去處等；3. 東西：食品、飲品、書籍、漫畫、動畫、電子遊戲等。

25 一目惚れ

ひとめぼれ

hitome bore

直譯：一看到就被迷住。

比喻：初次看見一個異性就愛上。

廣東話 一見鍾情

jat1 gin3 zung1 cing4

普通話 一見鍾情

yī jiàn zhōng qíng

例句

私は妻に一目惚れでした。

我對太太一見鍾情。

我對太太一見鍾情。

解說

在日本電視劇、動漫、電影都常常聽到男主角跟女主角面對面説：「好きです」或者「愛してます」來表示「我愛你」。如果不是當面説，表達愛上一個異性要用「惚れる」。「一目惚れ」本來的意思是「一看到就被迷住」，通常用來形容：1. 人，例如：被異性迷住；2. 地方，例如：被富士山迷住；3. 物，例如：被名牌服裝迷住。

26 一か八か

いちかばちか

ichi ka bachi ka

直譯：或者是一或者是八。

比喻：碰碰運氣，孤注一擲。

廣東話 **博一博**

bok3 jat1 bok3

普通話 **賭一把**

dǔ yī bǎ

例句

一か八かやってみよう。勝てるかもしれないから。

你就博一博啦！可能會贏嘅。

你就賭一把吧！可能會贏的。

解說

江戶時代「擲骰子」其中一個賭法是：分成單數「半」和雙數「丁」。因為「丁」和「半」像數目字「一」和「八」所以寫成「一か八か」。

現代日本人用這句話來形容「碰碰運氣，賭一把」，類似中文「不管三七二十一，先賭了再說。」

27 一生懸命

いっしょうけんめい

isshō kenmei

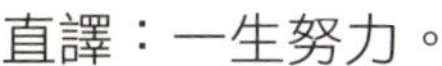

直譯：一生努力。

比喻：全力以赴。

廣東話 **搏命**

bok^{3} meng^{6}

普通話 **拼命**

pīn mìng

例　句

一生懸命勉強すれば、きっと名門校に合格するよ。

如果你搏命讀書，一定可以考到入名校。

如果你拼命讀書，一定可以成功考進名校。

解　説

「一生懸命」來自「一所懸命」，是日本中世紀的慣用語。當時的武士冒着生命危險保護封建領主賞賜給他們的土地。現代這句話使用的範圍包括：1. 老師勉勵學生要拼命學習；2. 家長勉勵子女要拼命學習；3. 學生宣告自己會拼命學習；4. 上司勉勵下屬要努力工作；5. 新入職的員工宣告自己會拼命工作。

28 二の舞

にのまい
ni no mai

直譯：第二場舞蹈。

比喻：重犯前人錯誤。

廣東話 **重蹈覆轍**
cung4 tou1 fuk1 cit3

普通話 **重蹈覆轍**
chóng dǎo fù zhé

例句

兄が飲酒運転で衝突事故を起こしたのを見て、二の舞を避けるためお酒はやめた。

我睇見哥哥飲咗酒揸車撞傷人。避免重蹈覆轍，我決定戒酒。

我看見哥哥喝了酒駕駛撞傷人。避免重蹈覆轍，我決定戒酒。

解說

中國宮廷的「雅樂」在奈良時代傳入日本。其中一種叫「安摩」的歌舞表演非常特別（分上下兩場）。第一場兩位舞蹈員用美妙的舞姿表演，第二場兩位舞蹈員打扮成老人，用滑稽的動作模仿上一場兩位舞蹈員的舞姿，令觀衆捧腹大笑。

後人用「二の舞」、「二の舞を踏む」、「二の舞を演じる」來比喻重犯前人的失敗。這句話通常用來自我反省及提醒別人避免重蹈覆轍。

29 二股をかける

ふたまたをかける

futa mata o kakeru

直譯：兩條腿跨兩邊。

比喻：同時與兩個異性約會。

一腳搭兩船

jat[1] goek[3] daap[3] loeng[5] syun[4]

腳踏兩條船

jiǎo tà liǎng tiáo chuán

例句

彼が二股をかけていることがわかったので、彼と別れた。

我發現男朋友一腳搭兩船，就同佢分手嘞。

我發現男朋友腳踏兩條船，就跟他分手了。

解說

「二股をかける」的「股」指大腿，「二股」指兩條腿，「かける」指跨兩邊。這句話用來比喻：1. 同時與兩個異性約會；2. 求職者同時接受兩家公司的聘書。

30 三つ子の魂百まで

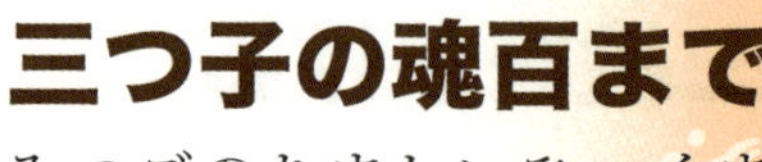

みつごのたましいひゃくまで

mitsugo no tamashii hyaku made

直譯：三歲孩子的靈魂維持到一百歲。

比喻：人的性格從小已經定型。

廣東話 三歲定八十

saam^{1} seoi^{3} ding^{6} baat^{3} sap^{6}

普通話 三歲看老

sān suì kàn lǎo

例句

あの服飾デザイナーは幼いころからおしゃれが好きだったそうだ。まさに三つ子の魂百までだね。

嗰個服裝設計師自細就鍾意扮靚，真係三歲定八十。

那個服裝設計師從小就喜歡打扮，真是三歲看老。

解說

「三つ子の魂百まで」說明性格不會隨着年齡增長而改變。這種說法與漢語「三歲定八十」、「江山易改本性難移」大致相同，都屬於「先天決定論」。有研究證明三歲時大腦已完成 80%，所以不少人相信「三歲定八十」。

31 三人寄れば文殊の知恵

さんにんよればもんじゅのちえ

san nin yoreba Monju no chie

直譯：三人靠近菩薩的智慧。

比喻：集結眾人的智慧便會出現大智慧。

廣東話 三個臭皮匠好過一個諸葛亮

saam1 go3 cau3 pei4 zoeng6 hou2 gwo3 jat1 go3 Zyu1 got3 Loeng6

普通話 三個臭皮匠頂個諸葛亮

sān ge chòu pí jiàng dǐng ge Zhūgě Liàng

例句

三人寄れば文殊の知恵。力を合わせればきっと解決できますよ。

三個臭皮匠好過一個諸葛亮。我哋一齊做，一定攪得掂。

三個臭皮匠頂個諸葛亮，我們一起做一定可以搞定。

解說

「三人寄れば文殊の知恵」的「寄れば」指「靠近」，「知恵」指智慧。「文殊」是佛教掌管智慧的菩薩。佛教傳入日本後，文殊菩薩對佛教的發展具有深遠影響。有些寺廟到了現代仍然供奉文殊菩薩。

在中國內地、台灣、香港可能不大認識「文殊」菩薩，反而對羅貫中編寫《三國演義》(1522 年) 的「諸葛亮」比較熟悉，所以用他來作為充滿智慧的代表人物。

32 女三人寄ればかしましい

おんなさんにんよればかしましい

onna san nin yoreba kashimashii

直譯：三個女人聚集很吵。

比喻：婦女聚集就喧鬧。

廣東話 三個女人一個墟

saam1 go3 neoi5 jan2 jat1 go3 heoi1

普通話 三個女人一台戲

sān ge nǚrén yī tái xì

例句

ガールズトークは騒がしい。全く女三人寄ればかしましいだ。

幾個女仔一傾偈就好嘈，果然係三個女人一個墟。

幾個女生一聊天就很吵，果然是三個女人一台戲。

解說

「女三人寄ればかしましい」的意思是「三個女人聚在一起，就會很吵。有研究指出有以下幾個原因：1. 女人比較感性，敏感度比較高，比較容易影響到情緒。2. 女人比較擅長用說話表達自己的思想感情。3. 為了可以「消除壓力」及「獲得共鳴」，女人喜歡與願意傾聽的對象說話。

33 三度の飯より好き

さんどのめしよりすき

san do no meshi yori suki

直譯：比起一天三餐更喜歡。

比喻：十分喜愛做某件事。

廣東話 廢寢忘餐

fai[3] cam[2] mong[4] caan[1]

普通話 廢寢忘食

fèi qǐn wàng shí

例 句

多くの若者はゲームが三度の飯より好きだ。

好多後生仔都鍾意打機，玩到廢寢忘餐。

很多青少年都喜歡玩電子遊戲，玩到廢寢忘食。

解 說

「三度の飯より好き」的「三度の飯」指每天早上、下午和晚上三餐；「より好き」指更喜歡。這句話比喻：1. 熱愛做某件事的程度比吃三餐更重要，例如：比起吃三餐，我更喜歡玩電子遊戲；2. 喜愛某個人的程度比吃三餐更重要，例如：比起吃三餐，超級粉絲們更喜歡自己的偶像。

34 四六時中

しろくじちゅう

shi roku ji chū

直譯：四六期間。

比喻：不斷做某件事。

廣東話 **成日**

$seng^4$ jat^6

普通話 **總是**

zǒng shì

例句

彼は四六時中漫画を読んでいる。

佢成日睇漫畫。

他總是看漫畫。

解說

日本江戶時代將一天分為十二部分。用「掛算九九」(九因歌乘法) 來形容一天的時間「二六時中」(2 x 3 ＋ 期間)。明治時代日本將一天改為二十四部分，所以出現「四六時中」(4 x 6 ＋ 期間) 的說法。「奈良文物研究所」報告出土的「九九木簡」中有日本飛鳥時代 (中國隋朝) 官員使用的中國的「掛け算表」，由此可見日本九因歌乘法來自中國。現代用「四六時中」(廿四小時) 來比喻一個人不斷做某件事。

35 四苦八苦

しくはっく

shiku hakku

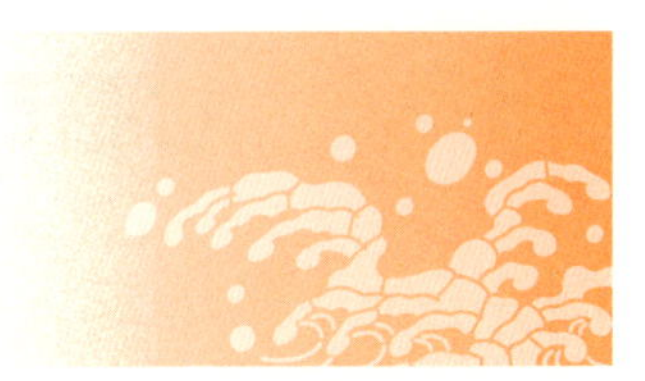

直譯：四種八種痛苦。

比喻：艱難困苦。

辛苦到死

san1 fu2 dou3 sei2

苦到不行

kǔ dào bù xíng

例　句

借金の返済で四苦八苦した。

為咗還債，真係辛苦到死。

為了還債，真是苦到不行。

解　說

「四苦八苦」源自佛教所說人生必須面對八種困苦：生、老、病、死、愛別離苦、怨憎會苦、求不得苦、五陰盛苦。現代用「四苦八苦」來形容：1. 學生準備考試很辛苦；2. 工作加班很辛苦；3. 職業婦女很辛苦；4. 外國人問路，日本人覺得用英文回答很辛苦。

36 七転び八起き

ななころびやおき

nana korobi ya oki

直譯：跌倒七次，爬起八次。

比喻：不管失敗多少次，都要重新振作。

不屈不撓

bat1 wat1 bat1 naau2

不屈不撓

bù qū bù náo

例　句

彼は七転び八起きの精神で、ようやく起業することができた。

佢憑住不屈不撓嘅精神，終於成功創業。

他憑着不屈不撓的精神，終於成功創業。

解　説

「七転び八起き」字面的意思是「跌倒七次，爬起八次」。這句話很形象化，要像「不倒翁」一樣，無論跌倒多少次都要站起來。

傳説這句話來自佛教禪宗開創者達摩大師。日本人把達摩大師當作排除萬難的神明，除了供奉達摩之外，還製作飾物當作吉祥物。到了現代仍然有一種叫「達摩娃娃」的吉祥物及「達磨の目入れ」（達磨點睛）的儀式。買了新的「達摩娃娃」，在去許願後，要用毛筆點「左眼」。當願望成真，要將「右眼」點上，然後放回購買的寺廟供奉。到了現代，在市面上大多數售賣的都是點了睛的「達摩娃娃」。

37 十人十色

じゅうにんといろ

jū nin to iro

直譯：十個人十種顏色。

比喻：各種人有不同的性格、思想、見解。

廣東話

一種米養百種人

jat[1] zung[2] mai[5] joeng[5] baak[3] zung[2] jan[4]

普通話

一樣米養百樣人

yī yàng mǐ yǎng bǎi yàng rén

例句

十人十色だから、同じ先生が教えても生徒の個性はみんな違う。

一種米養百種人。一個老師教出嚟嘅學生都唔同。

一樣米養百樣人。一個老師教出的學生都不一樣。

解說

「十人十色」比喻「如果有十個人，就有十種不同的品味和性格。與「十人十色」語意相近的慣用語有：1.「三者三樣」指如果有三個人，就會有三種不同的意見；2.「百人百様」指不同種類的人在做事或者思考的方式都不一樣；3.「各人各様」指每個人都是獨一無二的。

38 十把一絡げ

じっぱひとからげ

jippa hito karage

直譯：十小捆的東西捆成一大捆。

比喻：用刻板印象概括類似的人、事、物。

廣東話 一竹高打晒一船人

jat1 zuk1 gou1 daa2 saai3 jat1 syun4 jan4

普通話 一竿子打翻一船人

yī gān zi dǎ fān yī chuán rén

例句

十把一絡げに商人は不誠実だと思ってはいけない。

唔好一竹高打晒一船人，以為商人都唔老實。

不要一竿子打翻一船人，以為商人都不老實。

解說

「十把一絡げ」的「十把」指十小捆，「一絡げ」指一批。這句話起源於古代的日本人將各種不同的東西放在一起，方便計算。現代日本人用這句話來比喻以偏概全。

39 笑止千万

しょうしせんばん

shōshi sen ban

直譯：非常可笑。

比喻：非常愚蠢可笑。

廣東話 笑死人

siu3 sei2 jan4

普通話 愚蠢可笑

yú chǔn kě xiào

例句

彼は音痴なのに優勝を狙うなんて笑止千万だ。

佢五音不全想贏到冠軍，真係笑死人囉。

他五音不全想拿得冠軍，真是愚蠢可笑啊。

解說

「笑止千万」的「笑止」指可笑，「千万」指非常。日本人通常用來取笑別人非常愚蠢，不自量力，可笑至極。在漫畫、動畫、小說及日常生活都會出現這句話，例如：1. 恥笑敵人；2. 形容互相競爭的團體；3. 取笑不自量力的人；4. 形容很搞笑的場面。

40 千里の道も一歩から

せんりのみちもいっぽから

sen ri no michi mo ippo kara

直譯：遙遠的旅程，從第一步開始。

比喻：成功從踏出第一步開始。

廣東話 踏出第一步

daap6 ceot1 dai6 jat1 bou6

普通話 踏出第一步

tà chū dì yī bù

例句

千里の道も一歩から。勇気をもって進めばきっと成功しますよ。

你有勇氣踏出第一步，繼續行落去就會成功。

你有勇氣踏出第一步，繼續走下去就會成功。

解說

「千里の道も一歩から」是提醒大家在定下理想或和目標之後，不能紙上談兵，一定要付諸行動。這句話類似中國老子《道德經》:「千里之行，始於足下」。

3 行為篇

41 語文遊戲

按照日文，填上中文對照空白處。

日文 | 中文

初心忘るべからず　**不（　）（　）心**

しょしんわすべからず

shoshin wasuru bekarazu

答案是**「不忘初心」**：（廣）bat[1] mong[4] co[1] sam[1]，

（普）bù wàng chū xīn。

解說：來自室町時代《花鏡》，用來提醒一個變得驕傲或者想放棄的人，不要忘記最初的動機及決心。

42 語文遊戲

按照中文，選擇正確日文填入空白處。

中文 | 日文

有默契　**阿吽の（　）（　）**

廣：jau[5] mak[6] kai[36]

普：yǒu mò qì

（　）是：1. 呼吸 2. 学習 3. 休息

答案是 1**「阿吽の呼吸」**：あうんのこきゅう，aun no kokyū。

解說：用「呼吸合拍」來比喻兩個人或團隊成員心有靈犀，默契十足。「阿吽」一詞源自梵文。「阿」是第一個字符，代表事物的開始。「吽」是最後一個字符，代表事物的開始代表事物的結束。

43 芸は身を助く

げいはみをたすく

gei wa mi o tasuku

直譯：具有技能會有幫助。

比喻：有專業技能，可以謀生。

廣東話 一技之長

jat[1] gei[6] zi[1] coeng[4]

普通話 一技之長

yī jì zhī cháng

例句

芸は身を助くと言いますから、あなたなら仕事は必ず見つかりますよ。

你有一技之長，唔怕搵不到嘢做。

你有一技之長，不怕找不到工作。

44 お蔵入り

おくらいり

okura iri

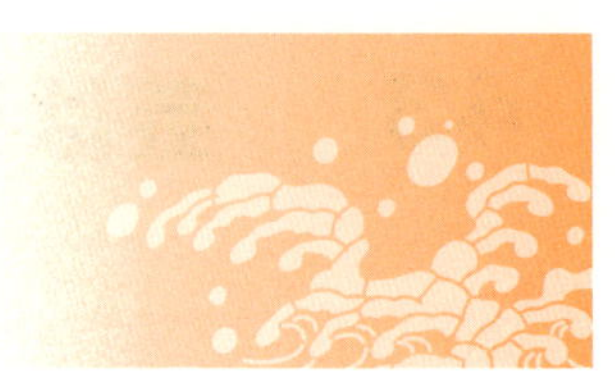

直譯：放入倉庫。

比喻：影視節目或演出被擱置。

廣東話 雪藏

syut3 cong4

普通話 雪藏

xuě cáng

例句

主演男優のスキャンダルでこの映画はお蔵入りになった。

因為男主角嘅醜聞，呢齣戲畀公司雪藏。

因為男主角的醜聞，這部電影被公司雪藏。

解說

「お蔵入り」的「お蔵」指倉庫，「入り」放入。因為日文詞組結構是賓語（倉庫）＋動詞（放入），轉換成中文：動詞（放入）＋賓語（倉庫）。這句話來自江戶時代平民看戲劇「千秋楽」（簡稱楽）的最後一場被腰斬。大家用語言遊戲把「楽」字的發音「らく」顛倒過來，變成「くら」（蔵）。另一種説法是把東西收藏在倉庫裏，使它不見天日。下面是日文、廣東話、普通話「雪藏」的比較：

	日文 「お蔵入り」	廣東話 「雪藏」	普通話 「雪藏」
戲劇／電影／電視節目	✓	✓	✓
機構實行的計劃	✓	✓	✓
藝人	X	✓	✓
打工仔	X	✓	✓
車牌	X	✓	✓

45 天手古舞

てんてこまい

tenteko mai

直譯：一面聽鼓聲一面跳舞。

比喻：手忙腳亂。

廣東話 **忙到踢晒腳**

mong4 dou3 tek3 saai3 goek3

普通話 **忙得不可開交**

máng de bù kě kāi jiāo

例 句

彼女は引っ越しのために天手古舞だ。

佢為咗搬屋，忙到踢晒腳。

她為了搬家，忙得不可開交。

解 説

日本人使用「天手古舞」時，常說的話是：「もう天手古舞の忙しさだ」（忙到大聲喧嘩跳舞）。「天手古舞」的語源有兩個說法：1. 在祭典時聽到太鼓的鼓聲，跳舞的人不斷大聲喧嘩跳舞；2. 圍觀祭典的人看舞蹈表演、神明坐的轎、花車遊行等慶祝活動看到眼花繚亂。

46 油を売る

あぶらをうる

abura o uru

直譯：賣油。

比喻：一個正在工作的人偷懶。

廣東話 呑 pok

tan[1] pok[1]

普通話 摸魚

mō yú

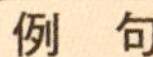

例句

彼はよく就業時間中に喫茶店で油を売ってティーセットを食べていたので会社をクビになった。

佢成日喺辦公時間呑 pok 去 coffee shop 食 tea，所以被公司炒魷魚。

他常常在辦公時間摸魚去咖啡店吃下午茶，所以被公司解僱。

解說

「油を売る」源自江戶時代，賣油郎要花很長時間才能將美髮油倒入顧客的小瓶子，所以跟顧客聊天。現代日本有改良版的美髮油，在市面上出售。這句話現代用來比喻辦公時間忽略工作，與別人聊天打混偷懶。

至於「鬢付け油」是一種「油膏」，由木蠟和菜籽油等材料製造而成。現代相撲選手及歌舞伎仍然使用這種「油膏」來固定髮髻。

47 有言実行

ゆうげんじっこう

yūgen jikkō

直譯：説的話一定做得到。

比喻：有信用守承諾。

廣東話 **講得出做得到**

gong² dak¹ ceot¹ zou⁶ dak¹ dou³

普通話 **説話算數**

shuō huà suàn shù

例 句

試験に合格したら私を旅行に連れて行くという約束を、お母さんが有言実行してくれた。

媽媽應承我考試合格就帶我去旅行，佢果然講得出做得到。

媽媽答應我考試合格就帶我去旅行，她果然説話算數。

解 説

「有言実行」的來源有兩種説法：1. 來自中國《論語》：「訥言敏行」；2. 日文四字熟語「不言実行」的變體。

1974 年獲得諾貝爾和平獎的日本首相佐藤栄作，曾在多次國會討論時使用「有言実行」來強調他説的話算數，所以成為流行語。現代使用這句話的情況大概分為兩種：1. 對別人承諾言出必行；2. 稱讚別人守承諾。

48　尻尾を出す

しっぽをだす

shippo o dasu

直譯：露出尾巴。

比喻：洩漏出隱瞞的事實。

廣東話　**露出馬腳**

lou6 ceot1 maa5 goek3

普通話　**露出馬腳**

lòu chū mǎ jiǎo

例　句

その麻薬密売人は警察の取り調べで尻尾を出して逮捕された。

嗰個毒販畀警察查問嗰陣露出馬腳，所以拉咗佢。

那個毒販被警察查問時露出馬腳，所以他被捕。

解　說

日本有很多「昔話」（傳統故事）都説狐狸或狸貓能夠變成人類，然後在人類世界生活。「尻尾を出す」本來是形容狐狸或狸貓露出尾巴，真實身份被發現。這句話用來比喻洩漏隱瞞的事實。日文類似的慣用語「馬脚を露す」，來自中文「露出馬腳」。

49 背中を追う

せなかをおう

senaka o ou

直譯：追着一個人的後背。

比喻：以一個人作為榜樣。

廣東話 **當做榜樣**

dong[3] zou[6] bong[2] joeng[6]

普通話 **當作榜樣**

dàng zuò bǎng yàng

例 句

ピアニストの母の背中を追って、私は毎日ピアノを練習している。

媽媽係鋼琴家，我當媽媽做榜樣，所以日日都練習鋼琴。

媽媽是鋼琴家，我把媽媽當作榜樣，所以天天都練習鋼琴。

解 説

「背中」指別人的背部。「背中を追う」指衝向敬佩的人的背部，比喻以敬佩的人作為榜樣。

有關「背中」的用語還有：1.「背中を押す」；推別人背部一把，比喻鼓勵；2.「背中を向ける」：背向不喜歡的人，比喻不加理睬。

50 急がば回れ

いそがばまわれ

isogaba maware

直譯：趕時間的話要繞遠路。

比喻：想趕快達到目標，要選擇可靠的方法。

廣東話 欲速不達

juk6 cuk1 bat1 daat6

普通話 欲速則不達

yù sù zé bù dá

例 句

ダイエットの薬を止めたら前よりむしろ体重が増えた。やはり急がば回れだね。

我食減肥藥一停藥就肥過之前。真係欲速不達呀！

我吃減肥藥一停藥就比以前更胖。真是欲速則不達啊！

解 說

「急がば」指「假如趕時間」，「回れ」指「繞遠路」。「急がば回れ」來自室町時代一個武士寫的一首詩歌：描述從矢橋去京都，海路橫渡過琵琶湖比經過瀨田的陸路線要短，但是比較危險，所以寧願多花點時間走陸路線。現代用這句話來比喻只追求快速，就容易出現種種問題，導致達不到目標。

51 転ばぬ先の杖

ころばぬさきのつえ

korobanu saki no tsue

直譯：沒有跌倒之前的拐杖。

比喻：事先準備好，避免出現問題。

廣東話 **做好準備先**

zou[6] hou[2] zeon[2] bei[6] sin[1]

普通話 **先做好準備**

xiān zuò hǎo zhǔn bèi

例句

私は試験の前に転ばぬ先の杖で過去問題を数年分見ておいた。

我喺考試之前已經做好準備先，睇過咁多年嘅考古題喇。

我在考試以前已經先做好準備，看過歷年的考試真題了。

解說

「転ばぬ先の杖」的「転ばぬ」指「沒跌倒」，「先」指「之前」，「杖」指「拐杖」。這句話形容得非常具象化。中文類似的用語有：「未雨綢繆」、「以備不時之需」、「以防萬一」。

52 噂をすれば影

うわさをすればかげ

uwasa o sureba kage

直譯：說他閒話就看見他的影子。

比喻：正說到某人，某人湊巧就來了。

一講曹操曹操就到

jat^{1} gong^{2} Cou^{4} Cou^{1} Cou^{4} Cou^{1} zau^{6} dou^{3}

說曹操曹操到

shuō Cáo Cāo Cáo Cāo dào

例　句

ボスの噂をしたら本人が現れた。噂をすれば影だね。

我哋一講老細，佢就出現。真係一講曹操曹操就到。

我們一說老闆，他就出現。真是說曹操曹操到。

解　說

「噂をすれば影」的「噂」指「閒話」，「影」指「影子」。這句話出自江戶時代的作品「東海道中膝栗毛」：「噂をすれば影」（當你一說那個人的閒話時，他的影子就會出現）。

53 泣き寝入り

なきねいり

naki ne iri

直譯：哭着哭着就睡着了。

比喻：受委屈不做任何反抗。

委屈噉喊

wai[2] wat[1] gam[2] haam[3]

委屈地哭

wěi qū de kū

例　句

彼女は医療事故で泣き寝入りしていたが、警察に届け出なさいと家族に諭された。

因為醫療事故，受害人好委屈噉喊，屋企人鼓勵佢報警。

因為醫療事故，受害人委屈地哭，家人鼓勵她報警。

解　説

我們受到不尊重、不公平的對待、被騷擾、被冤枉、甚至醫療失誤的時候，沒有辦法處理，都會覺得受委屈。「泣き寝入り」用來比喻受到不公平對待時不做任何反抗而放棄。

54 論より証拠

ろんよりしょうこ

ron yori shōko

直譯：證據比爭辯有用。

比喻：證據比雄辯更有說服力。

廣東話 事實勝於雄辯

si6 sat6 sing3 jyu1 hung4 bin6

普通話 事實勝於雄辯

shì shí shèng yú xióng biàn

例句

監視カメラにお前が写っている。論より証拠だ。いくら否定しても無駄だ。

事實勝於雄辯，閉路電視影到你，你唔認都唔得㗎喇。

事實勝於雄辯，監視器拍到你，你不承認也不行的。

解說

「論より証拠」的「論」指「爭辯」，「より」指「不如」，「証拠」指「證據」。這句話最早出現在江戶時代的 Iroha Karuta（五十音紙牌）。Karuta 來自葡萄牙的外來語。這種紙牌遊戲是以前非常受孩童歡迎的新年益智遊戲。到了今時今日網上書店仍然可以買到這種「五十音紙牌」，其實這種遊戲也適合想學日文的外國人使用。

55 喧嘩を売る

けんかをうる

kenka o uru

直譯：賣吵架或打架。

比喻：挑釁別人吵架或打架。

廣東話 **撩交打 / 撩交嗌**

liu4 gaau1 daa2 / liu4 gaau1 aai3

普通話 **找架打 / 找架吵**

zhǎo jià dǎ / zhǎo jià chǎo

例句

彼は機嫌が悪いと誰にでも喧嘩を売るので、気を付けた方がいい。

佢心情唔好就鍾意撩交打，所以唔好惹佢。

他心情不好就喜歡找架打，所以不要惹他。

解說

中文的「喧嘩」指大聲談話，而日文指「吵架或打架」。「売る」指「賣」，引申「挑釁」。「喧嘩を売る」比喻「挑釁別人吵架或打架」。江戶時代，挑釁別人是一種表現出男子氣概的行為。有人「賣」當然會有人「買」，所以表示「接受挑戰」的便是「喧嘩を買う」。其實這兩句話是來自買賣雙方在討價還價時，因為非常激動導致吵架，甚至打架的場面出現。這種「挑釁」的對象不單指個人，可以指一個集團或者國家。

56 身から出た錆

みからでたさび

mi kara deta sabi

直譯：刀鋒生銹。

比喻：所遭遇的困苦，是出自己一手造成的。

廣東話 自己攞嚟衰

zi^6 gei^2 lo^2 lai^4 seoi^1

普通話 自食其果

zì shí qí guǒ

例句

あなたはいつも彼氏との約束をほっぽらかしてたんだから、彼にふられたのは身から出た錆だよ。

你成日放男朋友飛機，佢同你分手都係你自己攞嚟衰。

你常常放男朋友鴿子，他跟你分手都是你自食其果。

解說

「身から出た錆」的「身」原本指「佩刀」，後來比喻「人」。「錆」原本指「生鏽」，後來比喻「惡果」。這句話源自日本古代的武士，身邊的佩刀一定要好好保養，否則刀鋒會生鏽。如果遇上敵人，生鏽的刀因為無法殺敵，結果被殺。現代用這句話來比喻一個人所遭遇的困苦，都是由自己所造成的。中文類似的有成語是「自食其果」。

57 鵜呑みにする

うのみにする

unomi ni suru

直譯：鵜（鸕鷀）將捉到的魚整條吞下。

比喻：隨便相信別人説的話。

廣東話 隨便相信

ceoi4 bin2 soeng1 seon3

普通話 盲目相信

máng mù xiāng xìn

例句

彼の言うことを鵜呑みにしちゃだめだよ。悪い人なんだから。

唔好隨便相信佢講嘅嘢，佢係壞人嚟㗎！

不要盲目相信他的話，他是壞人啊！

解説

「鵜呑みにする」的「鵜」即是「鸕鷀」，這種海鳥習慣把捉到的魚沒有咀嚼便整條吞下。如果大家想知道日本漁民怎樣訓練「鸕鷀」幫他們捕魚，可以去京都看「鵜」表演如何捕魚。現代用這句話來比喻不加思考便盲目相信別人説的話。

58 嘘から出た実

うそからでたまこと

uso kara deta makoto

直譯：本來打算說的謊話不料變成真的。

比喻：假裝的竟然變成真的。

廣東話 **弄假成真**

lung[6] gaa[2] sing[4] zan[1]

普通話 **弄假成真**

nòng jiǎ chéng zhēn

例　句

彼のことを私の彼氏だと家族に偽ったが、嘘から出た実で、本当に彼氏となってしまった。

我呃屋企人佢係我男朋友。點知弄假成真，佢真係做咗我男朋友。

我騙家人他是我的男朋友。誰知弄假成真，他真的成了我男朋友。

解　說

日本傳統木偶戲「浄瑠璃」的一個有關忠臣的故事「仮名手本忠臣蔵」（1748 年）用「嘘から出た実」來比喻想說謊的事，結果變成真的。

現代使用這句話的情況包括：1. 有心欺騙，例如：他本來想玩弄這個單純女生，後來真心愛上她；2. 開玩笑，例如：她開玩笑說中了彩票，結果真的中了；3. 夢想變成真：他胡說會成為畫家，後來果然成為畫家。

59 継続は力なり

けいぞくはちからなり

keizoku wa chikara nari

直譯：繼續就是力量。

比喻：堅持下去，一定會成功。

廣東話 **堅持就會成功**

gin[1] ci[4] zau[6] wui[5] sing[4] gung[1]

普通話 **堅持就是勝利**

jiān chí jiù shì shèng lì

例 句

大学に受からなかったが、先生が継続は力なりと励ましてくれた。

我考唔倒大學，老師鼓勵我堅持就會成功。

我考不上大學，老師鼓勵我堅持就是勝利。

解 說

據説「継続は力なり」來自明治時代佛教領袖住岡夜晃的詩集《讃嘆の詩》：「継続は力なり」（繼續就是力量）。到了現代，日本人不但用這句話來作為座右銘，而且用來鼓勵別人遇到挫折時，如果不斷持續努力，就會達到目標。

60 海老で鯛を釣る

えびでたいをつる

ebi de tai o tsuru

直譯：用蝦來釣鯛魚。

比喻：小投資賺大錢。

廣東話 本小利大

bun2 siu2 lei6 daai6

普通話 本小利大

běn xiǎo lì dà

例　句

多くの人が株で儲けることを海老で鯛を釣る投資だと考えている。

好多人都認為炒股票係本小利大嘅投資。

很多人都認為炒股票是本小利大的投資。

解　説

我們常吃到的日本的蝦包括：海老（蝦）、桜海老（櫻花蝦）、伊勢海老（龍蝦）。「鯛魚」在日本是吉祥食物，雖然價格較高，但是喜慶節日都會吃。

江戶時期開始將「海老で鯛を釣る」簡稱為「海老鯛」。這句話源自漁夫的做法，他們為了釣到價格高的鯛魚，會用價格低的蝦做魚餌。

61 縁の下の力持ち

えんのしたのちからもち

en no shita no chikaramochi

直譯：支撐房屋的大力士。

比喻：幕後的關鍵人物。

廣東話 幕後英雄

mok[6] hau[6] jing[1] hung[4]

普通話 幕後英雄

mù hòu yīng xióng

例 句

ウイルス感染が抑えられたのは、医療関係者という縁の下の力持ちたちのおかげだ。

疫情控制得咁好，要多謝醫療界嘅幕後英雄。

疫情控制得這麼好，要感謝醫療界的幕後英雄。

解 説

「縁の下の力持ち」的來源有兩個說法：1. 在寺廟舉行的追思會；2. 大力士的街頭表演。現代用這句話來比喻「幕後英雄」。使用的範圍包括：1. 幫助政府解決社會問題；2. 幫助團體持續發展；3. 幫助某人實現夢想。

62 出る杭は打たれる

でるくいはうたれる

deru kui wa utareru

直譯：凸出的木樁被打下去。

比喻：表現得超越本分，就會受到排擠。

廣東話 行先死先

haang4 sin1 sei2 sin1

普通話 槍打出頭鳥

qiāng dǎ chū tóu niǎo

例句

出る杭は打たれるから、私は会議で会社の決定に批判的意見を言わない。

因為行先死先，所以我開會嗰陣時唔敢批評公司嘅決策。

因為槍打出頭鳥，所以我開會的時候不敢批評公司的決策。

解說

日本人做柵欄會將很多木樁打入地面整齊排列。為了使木樁高低對齊，會敲打凸出來的木樁。從江戶時代《北條五台記》（1641年），人們就已經使用「出る杭は打たれる」這句話。

現代用這句話來提醒大家要與團體和諧相處，否則會樹立很多敵人。但是有日本人提出相反的說法，例如：樂聲牌的創辦人松下幸之助的名言：「出る杭は打たれるが、出過ぎた杭は打たれない」（表現得有點超越本分的人會被排擠，但是如果表現得非常卓越就沒人排擠你）。

63 石橋を叩いて渡る

いしばしをたたいてわたる

ishibashi o tataite wataru

直譯：敲石頭過橋。

比喻：小心謹慎。

廣東話 **穩陣**
wan^2 zan^6

普通話 **謹慎**
jǐn shèn

例句

私は石橋を叩いて渡るタイプなので、定期預金はするが、外貨預金はしない。

我比較穩陣，所以做定期儲蓄，唔炒外幣。

我比較謹慎，所以做定期儲蓄，不炒外幣。

解說

「石橋を叩いて渡る」的「石橋」指「用石頭建造的橋」，「叩」指「敲」，「渡」指「渡過」。這句話與《漢書》（西元前 206 年—23 年）：「小心謹慎」類似。

「石橋を叩いて渡る性格」指凡事經過深思熟慮才做的性格，一般來說都是好的，但是考慮太多，猶疑不決，便會錯過時機。

64 大風呂敷を広げる

おおぶろしきをひろげる

ōburoshiki o hirogeru

直譯：張開一塊大的包裝布。

比喻：大吹大擂。

廣東話 吹牛

ceoi[1] ngau[4]

普通話 吹牛

chuī niú

例 句

彼はいつも大風呂敷を広げるのが好きだから、信じちゃだめだよ。

佢成日鍾意吹牛，唔好信佢呀！

他老是喜歡吹牛，不要信他啊！

解 說

「大風呂敷を広げる」的由來有兩個說法：1. 在公共澡堂將特別大的浴巾攤開來展示自己包裹身體的浴巾有多大，讓別人羡慕；2. 古代商人為了借錢，贈送美麗的「大包裝布」給其他商人，結果大家都願意借錢給他。現代仍然有人用日本傳統的「大包裝布」包便當或者禮物。

65 善は急げ

ぜんはいそげ

zen wa isoge

直譯：好的事要趕快。

比喻：好事要趕緊辦，不要拖延。

廣東話 **打鐵趁熱**

daa2 tit3 can3 jit6

普通話 **好事不宜遲**

hǎo shì bù yí chí

例 句

体を鍛えるって決めたのなら、善は急げだから明日一緒に運動しよう。

你既然話要鍛鍊身體，打鐵趁熱，不如聽日一齊做運動啦！

你既然說要鍛煉身體，好事不宜遲，不如明天一起做運動吧！

解 説

「善は急げ」的「善」指「好的」，「急げ」指「趕快」。這句話來自佛教《大般涅槃經》記載「趕快行善」的教誨。日本人借用後，將「趕快行善」的意思改為「好的事趕緊做」。

66 負け惜しみを言う

まけおしみをいう

makeoshimi o iu

直譯：説不服輸的話。

比喻：輸了還強辯。

廣東話 **輸咗仲死撐**

syu[1] zo[2] zung[6] sei[2] caang[3]

普通話 **輸了還嘴硬**

shū le hái zuǐ yìng

例 句

負けたのは体の調子が悪かったせいだ、と彼は負け惜しみを言った。

佢輸咗仲死撐，話身體唔舒服先至輸咗。

他輸了還嘴硬，說身體不舒服才輸的。

解 說

「負け惜しみを言う」來自伊索寓言「The Fox and the Grapes」的主旨「cry sour grapes」。在競賽中，失敗者會有兩種反應：1.「負け惜しみを言う」：形容找藉口或固執地不願意承認自己失敗；2.「潔く負けを認める」：勇敢地承認自己失敗。

67 努力に勝る天才なし

どりょくにまさるてんさいなし

doryoku ni masaru tensai nashi

直譯：努力比天賦優勝。

比喻：努力最重要。

廣東話 一分天才九十九分努力

jat[1] fan[1] tin[1] coi[4] gau[2] sap[6] gau[2] fan[1] nou[5] lik[6]

普通話 天才是百分之一的天分加上百分之九十九的努力

tiān cái shì bǎi fēn zhī yī de tiān fèn jiā shàng bǎi fēn zhī jiǔ shí jiǔ de nǔ lì

例句

彼は努力に勝る天才なしだと肝に銘じ、ついに大企業家となった。

佢相信一分天才九十九分努力，結果成為大企業家。

他相信天才是百分之一的天分加上百分之九十九的努力，結果成為大企業家。

解說

很多人都認為天賦很重要，但是天才不努力也不會成功。反之，如果一個普通人不斷努力，成功的機會比較大。Thomas Edison（愛迪生）的名言「Genius is one percent inspiration and ninety-nine percent perspiration」（天才＝1% 天賦＋99% 努力）。日本人用這句話來鼓勵別人。

68 頬っぺたが落ちそう

ほっぺたがおちそう

hoppeta ga ochisō

直譯：臉兩側好像掉下來。

比喻：食物美味至極。

好食到爆

hou2 sik6 dou3 baau3

好吃得不得了

hǎo chī de bù dé liǎo

例 句

この和牛専門店の牛肉は頬っぺたが落ちそうなぐらいおいしい。

呢間和牛專門店嘅牛肉真係好食到爆。

這家和牛專門店的牛肉簡直好吃得不得了。

解 説

日文以不同的用語來形容「美味」的不同程度。一個人吃到「極之美味」的食物，面頰會自然放鬆，看起來好像垂下來，所以用「頬っぺたが落ちそう」來比喻食物美味至極。一般來説，大家都用「oishii」來表示「好吃」。

69 言うは易く行うは難し

いうはやすくおこなうはかたし

iu wa yasuku okonau wa katashi

直譯：説來容易做來難。

比喻：知易行難。

廣東話 **講就易做就難**

gong² zau⁶ ji⁶ zou⁶ zau⁶ naan⁴

普通話 **説起來容易做起來難**

shuō qǐ lái róng yì zuò qǐ lái nán

例 句

母にがんばるよと約束したものの、勉強するとすぐ眠くなる。言うは易く行うは難しだね。

我應承阿媽會努力，但係一讀書就想瞓。真係講就易，做就難。

我答應媽媽會努力，但是一讀書就想睡覺。真是説起來容易做起來難。

解 説

中國西漢（公元前 80 年）《鹽鐵論》所説：「言之非難，行之為難。」日本人借用後翻譯成「言うは易く行うは難し」，使用範圍包括：創立新的體制、改革社會制度、實現個人夢想。

70 親は無くとも子は育つ

おやはなくともこはそだつ

oya wa nakutomo ko wa sodatsu

直譯：即使沒有父母，孩子也會長大。

比喻：養育孩子，不需要太擔憂。

廣東話 天生天養

tin1 saang1 tin1 joeng5

普通話 天生地養

tiān shēng dì yǎng

例 句

親は無くとも子は育つものだから、躾にそんなに時間をかけなくて大丈夫ですよ。

細蚊仔天生天養，父母唔使用咁多時間嚟管教。

小孩子天生地養，父母不用花太多時間來管教。

解 說

江戶時代已經有文學作品《浮世草子》(1682 年) 用「親は無くとも子は育つ」來形容「即使父母不在身邊，孩子也會好好長大」。到了現代，這句話用來比喻養育孩子不需要太擔憂。使用的情況包括：1. 親友看見有孩子父母不在身邊而擔憂，其他人勸親友不用擔憂；2. 親友看見父母太照顧孩子，勸父母不要這樣做；3. 成人看見沒有教養的孩子，就會說「即使父母不在身邊，孩子也會好好長大」這句話不對，因為孩子要好好管教。

71 穴があったら入りたい

あながあったらはいりたい

ana ga attara hairitai

直譯：如果有洞，想進去。

比喻：羞得想找個地縫鑽進去。

廣東話 **想搵窿捐**

soeng² wan² lung¹ gyun¹

普通話 **想找個地縫鑽進去**

xiǎng zhǎo ge dì fèng zuān jìn qu

例　句

私が上司に好意を抱いていることが同僚にバレてしまった。穴があったら入りたい。

畀同事發現我暗戀上司，真係想搵窿捐。

被同事發現我暗戀上司，真是想找個地縫鑽進去。

解　説

「穴があったら入りたい」的「穴」指「洞」，「あったら」指「如果有」，「入りたい」指「想進去」。當一個人覺得羞愧、尷尬的時候，就會想找個地洞鑽進去把自己藏起來。

72 嘘つきは泥棒の始まり

うそつきはどろぼうのはじまり

usotsuki wa dorobō no hajimari

直譯：説謊是做小偷的開始。

比喻：開始做小的壞事，慢慢會做更壞的事。

廣東話 唔好做壞事

m4 hou2 zou6 waai6 si6

普通話 不要做壞事

bù yào zuò huài shì

例句

嘘がお母さんにバレた。お母さんは嘘つきは泥棒の始まりだから、反省しなさいと言った。

我講大話畀媽媽識穿。佢叫我反省，唔好做壞事。

我說謊被媽媽揭穿。她叫我反省，不要做壞事。

解說

「嘘つきは泥棒の始まり」的「嘘つき」指「說謊」，「泥棒」指「小偷」，「始」指「開始」。我們所知最早提到「嘘つきは泥棒の始まり」的作品是《古今俚諺類聚》(1893 年)。現代的家長喜歡用這句話來告誡小孩子不要說謊。有專家指出「說謊」是心智發展的必經階段。父母應該先了解孩子說謊的原因，然後引導孩子學習怎樣處理自己的情緒。

73 腹が減っては戦はできぬ

はらがへってはいくさはできぬ

hara ga hette wa ikusa wa dekinu

直譯：肚餓就沒法打仗。

比喻：做任何行動前都要先吃飯。

廣東話 醫飽個肚先有力

ji[1] baau[2] go[3] tou[5] sin[1] jau[5] lik[6]

普通話 人是鐵飯是鋼

rén shì tiě fàn shì gāng

例句

殘業の前に多めに食べておこう。腹が減っては戦はできぬと言うからね。

我開 OT 之前，要食多啲嘢先。醫飽個肚先有力吖嘛！

我加班之前，要先多吃點東西。人是鐵飯是鋼嘛！

解說

「腹が減っては戦はできぬ」用比較誇張的手法來形容空着肚子，就無法把工作做好。因為空着肚子是沒有能量活動的，所以這句話通常用來強調在處理重要任務或困難之前，要先滿足基本的需求。

74 押してダメなら引いてみろ

おしてだめならひいてみろ

oshite dame nara hīte miro

直譯：推不動，就拉回來。

比喻：行不通，要變通。

廣東話 **要變通**

jiu[3] bin[3] tung[1]

普通話 **要變通**

yào biàn tōng

例　句

上手くいかない時は、押してダメなら引いてみろでやり方を変えてみよう。

攪唔掂，要識變通吖嘛！

行不通，要懂得變通才對！

解　說

中國古代《易經．繫辭下》：「易窮則變，變則通。」日本知識分子來中國學習後，翻譯成「窮すれば通ず」。

然而平民沒有機會讀書，不知道有「窮すれば通ず」這句話。他們根據自己的經驗，創造出一個很形象化而且充滿智慧的用語「押してダメなら引いてみろ」。「押」指「推」，「引」指「拉」，「ダメ」指「不行」，「なら」指「如果」。這句話用來比喻如果一個方法失敗，就要嘗試另外一個。

4
人篇

75 語文遊戲

按照日文，填上中文對照空白處。

日文 | 中文

漁夫の利 | **漁（　）得（　）**

ぎょふのり
gyofu no ri

答案是**「漁翁／人得利」**：(廣) jyu[4] jung[1] / jan[4] dak[1] lei[6]，
(普) yú wēng / rén dé lì。

解說：來自中國《戰國策》「鷸蚌相爭」的故事。借用後比喻雙方爭持不下，讓第三者獲利。

76 語文遊戲

按照中文，選擇正確日文填入空白處。

中文 | 日文

爛演員 | **（　）（　）役者**

廣：laan[6] jin[2] jyun[4]
普：làn yǎn yuán

（　）是：1. 豆腐 2. 玉葱 3. 大根

答案是 3**「大根役者」**：だいこんやくしゃ，daikon yakusha。

解說：用「蘿蔔演員」來比喻演出拙劣的演員。

77 類は友を呼ぶ

るいはともをよぶ

rui wa tomo o yobu

直譯：相同嗜好的人，自然會聚集在一起。

比喻：性格和志向相近的人會做朋友。

廣東話 **物以類聚 人以群分**

mat⁶ ji⁵ leoi⁶ zeoi⁶ jan⁴ ji⁵ kwan⁴ fan¹

普通話 **物以類聚 人以群分**

wù yǐ lèi jù rén yǐ qún fèn

例 句

日曜日になるとこの公園は大勢集まって太極拳をしている。まさに「類は友を呼ぶ」だね。

星期日有好多人喺呢個公園一齊耍太極，真係物以類聚 人以群分。

星期天有很多人在這個公園一起打太極拳，真是物以類聚 人以群分。

78 浦島太郎状態

うらしまたろうじょうたい

Urashima Tarō jōtai

直譯：浦島太郎的狀態。

比喻：離開本地，回來發現人事物都改變了。

咩都唔同晒

me[1] dou[1] m[4] tung[4] saai[3]

面目全非

miàn mù quán fēi

例句

私が日本に行って10年。香港に帰ってきたら、完全に浦島太郎状態だった。

我去咗日本十年，返嚟香港已經咩都唔同晒。

我去了日本十年，回到香港發現面目全非。

解說

日本最早之正史《日本書紀》(720年) 記載「浦島太郎」的傳說。浦島太郎救了海龜之後，去龍宮玩了一陣子。他回到岸上看到面目全非，原來已經過了300年。

現代日本人用「浦島太郎状態」來比喻一個人離開本地，回來後發現人事物都改變了。

79 八方美人

はっぽうびじん

happō bijin

直譯：從每個角度看起來都很美的人。

比喻：1. 具有良好社交能力。2. 很虛假地討好別人。

世界仔

sai³ gaai³ zai²

八面玲瓏的人

bā miàn líng lóng de rén

例 句 1

彼は八方美人で、親戚も友達も皆彼のことが好きだ。

佢係世界仔，親戚朋友都喜歡佢。

他是八面玲瓏的人，親戚朋友都喜歡他。

例 句 2

彼は八方美人なので、会社の同僚は嘘くさいと思っている。

公司每個同事都覺得呢個世界仔好假。

公司每個同事都覺得這個八面玲瓏的人很虛偽。

解 說

「八方美人」以前用來比喻「在人際關係上完美無瑕的人」，通常用來稱讚一個人對任何人都很貼心。到了現代，有些日本人用來形容虛假的人。

中國以前稱讚「八面玲瓏」的人「面面俱到」，現代也有人用來形容虛偽的人。廣東話以前用「世界仔」來指「拍馬屁」的人，現在不少人反而用來稱讚那些很世故，日子混得很好的人。

80 帝王切開

ていおうせっかい

teiō sekkai

直譯：皇帝切開。

比喻：用手術方式切開孕婦腹部分娩。

廣東話 **開刀生仔**

hoi[1] dou[1] saang[1] zai[2]

普通話 **剖腹產**

pōu fù chǎn

例句

彼女は痛いのが嫌だったので帝王切開を選んだ。

佢因為怕痛，所以揀開刀生仔。

她因為怕痛，所以選擇剖腹產。

解說

歐洲早期婦女已經出現「剖腹產」。日文「帝王切開」是翻譯英文 Caesarean Section 的 Caesar（凱撒帝王）而來的。

在日本除自然分娩外，還有「予定帝王切開」（預定剖腹產）和「緊急帝王切開」（緊急剖腹產）。根據統計，「緊急帝王切開」的數字越來越多。

81 夜型人間

よるがたにんげん

yoru gata ningen

直譯：晚上類型的人類。

比喻：晚上活躍的人。

廣東話 夜貓

je6 maau1

普通話 夜貓子

yè māo zi

例句

彼女は夜型人間なので、よく朝学校に遅刻する。

佢係夜貓，所以每日返學都遲到。

她是夜貓子，所以每天上學都遲到。

解說

日文喜歡用「型」來分類，例如：「夜型人間」（晚上活躍的人）與「朝型人間」（日間活躍的人），「猫型人間」（比較自我）與「犬型人間」（擅長交際）。

「党」也用來分類，例如：「甘党」（喜歡吃甜的食物）與「辛党」（喜歡吃辣的食物）。

對於男演員面孔，會用和食「醬油」與洋食「sauce」＋「顔」來分類，例如：「醬油顔」（面孔像傳統日本人）與「醬汁顔」（面孔像外國人）。

82 三日坊主

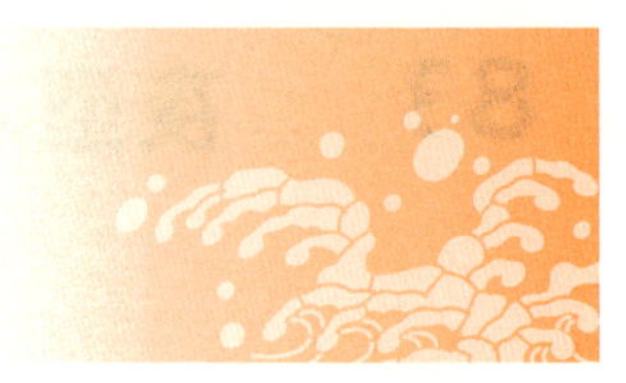

みっかぼうず

mikka bōzu

直譯：做三天和尚的人。

比喻：不能堅持做下去的人。

廣東話 三分鐘熱度嘅人

saam[1] fan[1] zung[1] jit[6] dou[6] ge[3] jan

普通話 三分鐘熱度的人

sān fēn zhōng rè dù de rén

例句

彼は三日坊主だから、いつも中途半端で終わる。

佢係三分鐘熱度嘅人，成日衰收尾。

他是三分鐘熱度的人，常常不能好好收尾。

解說

「三日坊主」用來比喻不能把事情堅持做下去的人。據説「三日坊主」源自一個故事：一個受訓的和尚在三天後便放棄。

83 友達以上恋人未満

ともだちいじょうこいびとみまん

tomodachi ijō koibito miman

直譯：比朋友親密，但不是情人。

比喻：異性知己。

廣東話 男閨蜜 / 女閨蜜

naam4 gwai1 mat6 / neoi5 gwai1 mat6

普通話 男閨蜜 / 女閨蜜

nán guī mì / nǚ guī mì

例句

彼女とは友達以上恋人未満だ。

佢係我女閨蜜，唔係我女朋友。

她是我女閨蜜，不是我女朋友。

解說

有些電影、小說、動漫的故事是關於彼此了解的異性朋友，友誼深厚的知己，後來發展成戀人。「友達以上恋人未満」指未發展成戀人的男閨蜜／女閨蜜。在網上討論區，有人認為異性之間沒有單純友誼。你們身邊有這樣的人嗎？

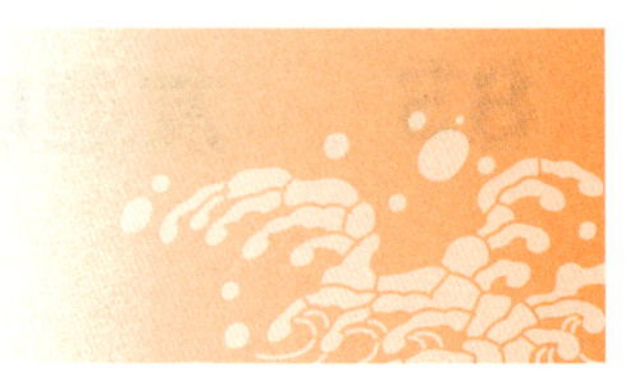

84 御曹司

おんぞうし

onzōshi

直譯：教養貴族子弟的房間。

比喻：有錢人或名人的兒子。

廣東話 太子爺

taai^{3} zi^{2} je^{2}

普通話 公子哥

gōng zǐ gē

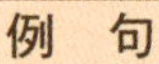
例句

彼女は財閥の御曹司と結婚した。

佢同大財團太子爺結婚。

她跟大財團公子哥結婚。

解說

「御曹司」的「御」是敬語用來表示尊貴，「曹司」是房間。這句話來自平安時代，皇族、貴族、武士的兒子才有獨立房間。當時用來比喻「名門子弟」，只適用於男性。

大家看看現代日文和中文裏的「富二代」怎樣說：

	日文	廣東話	普通話
男	御曹司	太子爺	公子哥
女	令嬢	太子女	大小姐

85 内弁慶

うちべんけい

uchi Benkei

直譯：房子內面一個勇士。

比喻：在家裏很霸道，在外面很軟弱的人。

門口狗

mun4 hau2 gau2

窩裏橫

wō li hèng

例句

彼は内弁慶だから、うちでは大声だが、外ではおとなしい。

佢係門口狗，喺屋企惡到死，出去就聲都唔敢聲。

他是窩裏橫，在家凶巴巴的，到外面就不敢說話。

解說

傳說中「弁慶」是個平安時代末期的勇士。日本人用他的名字創造出一些慣用語，例如：1.「内弁慶」比喻在家霸道，出外懦弱的人；2.「弁慶の立ち往生」比喻處於退路而無計可施。

86 似た者夫婦

にたものふうふ

nitamono fūfu

直譯：相似的夫婦。

比喻：在性格、愛好、行為上都相似的夫婦。

廣東話 **好似嘅夫婦**

hou2 ci5 ge3 fu1 fu5

普通話 **相似的夫婦**

xiāng sì de fū fù

例 句

似た者夫婦は互いにコミュニケーションがとりやすい。

好似嘅夫婦比較容易溝通。

相似的夫婦比較容易溝通。

解 說

「似た者夫婦」指性格、愛好、行為上都相似的夫婦。有研究指出年輕人喜歡選擇與自己相似的人作為伴侶，所以令人感覺有「夫妻相」。但是有研究在長期追蹤後發現，隨着時間的推移，夫妻的相貌會越來越不像。

87 人の噂も七十五日

ひとのうわさもしちじゅうごにち

hito no uwasa mo shichijū-go nichi

直譯：人的謠言持續七十五天。

比喻：謠言會隨着時間消失。

廣東話 謠言會自然消失

jiu4 jin4 wui5 zi6 jin4 siu1 sat1

普通話 謠言會自然消失

yáo yán huì zì rán xiāo shī

例句

人の噂も七十五日というから、気にしないで大丈夫だよ。

謠言會自然消失，你唔使介意喇。

謠言會自然消失，你不要介意啦。

解說

「人の噂も七十五日」的來源有三種說法：1. 一年四季，每一個季節大概有七十五天。到了下一個季節大家已經沒有興趣再談論之前的謠言；2. 農作物收成的周期大概七十五天，下一個周期會談論新的謠言；3. 日文七十五天的發音由七個音節組成（し-ち-じゅ-う-ご-に-ち），讀起來朗朗上口。

88 骨皮筋右衛門

ほねかわすじえもん

hone kawa suji emon

直譯：皮包骨的男人。

比喻：骨瘦如柴的男人。

廣東話 **瘦骨仙**

sau3 gwat1 sin1

普通話 **瘦皮猴**

shòu pí hóu

例 句

変だな。骨皮筋右衛門のくせに力が強い。

好奇怪！呢個瘦骨仙咁大力。

很奇怪！這個瘦皮猴力氣這麼大。

解 説

平安時代朝廷分兩個部門：「右衛門府」和「左衛門府」。退役後的官員將「右衛門」或「左衛門」放在名字中作為頭銜。後來表現出眾的武士也可以獲得「衛門」頭銜。武士時代結束，平民喜歡叫男孩「XX 衛門」。

後來有些文學作品用「右衛門」（uemon，後來簡化為 emon）來開玩笑，例如：一個具有「右衛門」頭銜的武士應該身體健碩，但卻用「骨皮筋」（瘦到皮包骨）＋「右衛門」（武士）創造新詞「骨皮筋右衛門」，製造出搞笑效果。

大家熟悉的 Doraemon（哆啦 A 夢），是：dora（銅鑼）＋ emon（右衛門）＝「銅鑼右衛門」。

89 可愛い子には旅をさせよ

かわいいこにはたびをさせよ

kawaii ko niwa tabi o sase yo

直譯：讓可愛的孩子自己去旅行。

比喻：讓孩子體驗艱辛才能成長。

廣東話 **磨煉之後會成長**

mo[4] lin[6] zi[1] hau[6] wui[5] sing[4] zoeng[2]

普通話 **磨煉後會成長**

mó liàn hòu huì chéng zhǎng

例句

可愛い子には旅をさせよというから、娘を外国に留学させた。

細路磨煉之後會成長，所以我叫阿女去外國讀書。

孩子磨煉後會成長，所以我讓女兒去外國留學。

解說

傳統的教育方式過度保護孩子，因而妨礙孩子健康成長。新式教育方式強調把孩子放到外面的世界，讓孩子體驗艱辛。這樣孩子才能學會獨立自主，茁壯成長。「可愛い子には旅をさせよ」用來提醒家長用新的方法教養孩子。

90 この親にしてこの子あり

このおやにしてこのこあり

kono oya nishite kono ko ari

直譯：怎樣的父母便有怎樣的孩子。

比喻：子女好與壞都受父母影響。

廣東話 父母影響仔女

fu[6] mou[5] jing[2] hoeng[2] zai[2] neoi[2]

普通話 父母影響子女

fù mǔ yǐng xiǎng zǐ nǚ

例句

お父様は学校の校長先生、彼自身は優秀な教師。まさにこの親にしてこの子ありですね。

佢爸爸係校長，所以佢都係好老師。果然父母影響仔女。

他爸爸是校長，所以他也是好老師。果然父母影響子女。

解說

孔子之孫孔伋《孔叢子・居衛》:「有此父斯有此子」(有怎樣的父親，就必定有怎樣的兒子)。這句話在中國發展成：1.「有其父必有其子」；2.「有其父必有其女」；3.「有其母必有其子」；4.「有其母必有其女」來比喻子女的思想行為深受父母親的影響。

日本將「有此父斯有此子」翻譯成「この親にしてこの子あり」(怎樣的父母便有怎樣的孩子)。一句話已經可以用來比喻子女的好與壞都受父母影響。

91 坊主憎けりゃ袈裟まで憎い

ぼうずにくけりゃけさまでにくい

bōzu nikukerya kesa made nikui

直譯：憎恨僧侶也會討厭他穿的袈裟。

比喻：憎恨那個人，便會憎恨與他相關的一切。

廣東話 恨屋及烏

han6 uk1 kap6 wu1

普通話 恨屋及烏

hèn wū jí wū

例句

夫と離婚した彼女は坊主憎けりゃ袈裟まで憎いと、前夫がくれたものをすべて捨てた。

佢同老公離婚之後，因為恨屋及烏，所以佢掉晒老公之前送嘅禮物。

她跟老公離婚後，因為恨屋及烏，所以她扔掉所有老公之前送的禮物。

解說

「坊主憎けりゃ袈裟まで憎い」源自江戶時代，幕府建立「寺廟制度」。寺廟和神社的僧侶具有很大的權力，可以簽發「身份證」。僧侶變得貪污腐敗，所以很多人都討厭他們。慢慢人們產生一種憎恨僧侶便會討厭他穿的袈裟的心態。現代日本人用這句話來比喻：1. 人，例如：討厭那個朋友，連他的家人都討厭；2. 事，例如：討厭那個機構，連它舉辦的活動都討厭；3. 物，例如：討厭那個鄰居，連他的車子都討厭。以上這些比喻都是「愛屋及烏」的反面，所以我們用了「恨屋及烏」。

5 動物篇

92 語文遊戲

按照日文，填上中文對照空白處。

日文

蛇足

だそく

dasoku

中文

(　　)蛇(　　)足

答案是**「畫蛇添足」**：(廣) waak6 se4 tim1 zuk1，
(普) huà shé tiān zú。

解說：來自中國《戰國策》「畫蛇添足」。用「蛇的腳」來比喻做了多餘無用的行動，產生反效果。

93 語文遊戲

按照中文，選擇正確日文填入空白處。

中文

忙 到 死

廣：mong4 dou3 sei2

普：máng dào sǐ

日文

(　　)の手も借りたい

(　　)是：1. 犬 2. 猫 3. 猿

答案是 2 **「猫の手も借りたい」**：ねこのてもかりたい，
neko no te mo karitai。

解說：這句話最早出現於江戶時代作品《関八州繋馬》。用「忙到連貓的手都想借」來比喻忙得焦頭爛額，希望有人幫忙。

94 雀の涙

すずめのなみだ

suzume no namida

直譯：麻雀的眼淚。

比喻：極少的量。

啲咁多

di^1 gam^3 do^1

極少

jí shǎo

例句

ずっと休みなく働いてきたが、稼いだお金は雀の涙だ。

我唔停噉做，都淨係賺得啲咁多錢。

我不停工作，也只是賺到極少的錢。

解說

「雀の涙」來自麻雀的體型很小，所以這麼小的鳥所流下的眼淚量極之少。這句話用來比喻「極小的量」，例如：1. 金錢，例如：賺到的錢非常少；2. 食物，例如：生病了只能吃很少份量的食物；3. 幸福，例如：一件微不足道的事，但是對我來說是小確幸。

95 鶴の一声

つるのひとこえ

tsuru no hitokoe

直譯：鶴發出聲音。

比喻：領導一聲令下，每個人都服從。

廣東話 一聲令下

jat1 seng1 ling6 haa6

普通話 一聲令下

yī shēng lìng xià

例句

社長の鶴の一声で、全員会議に参加することになった。

老細一聲令下，個個人都要去開會。

老闆一聲令下，每個人都要去開會。

96 鳥肌が立つ

とりはだがたつ

torihada ga tatsu

直譯：雞皮都站起來了。

比喻：起雞皮疙瘩。

廣東話 毛管戙

mou4 gun2 dung6

普通話 起雞皮疙瘩

qǐ jī pí gē da

例　句

私は怪談を聞くと鳥肌が立つ。

我一聽鬼故就毛管戙。

我一聽鬼故事就起雞皮疙瘩。

解　説

「鳥肌が立つ」本來是一種人體為了保護身體抵禦寒冷的一種自然反應。這句話用來比喻幾種感覺：1. 恐懼，例如：聽鬼怪故事；2. 肉麻，例如：醜八怪向你撒嬌；3. 震驚，例如：風暴摧毀房屋；4. 感動，例如：聽到優美音樂；5. 興奮，例如：與偶像合照。

97 鳶が鷹を生む

とびがたかをうむ

tobi ga taka o umu

直譯：能力低的鷹，生出能力高的鷹。

比喻：孩子比父母優勝。

廣東話 青出於藍

cing[1] ceot[1] jyu[1] laam[4]

普通話 青出於藍而勝於藍

qīng chū yú lán ér shèng yú lán

例句

彼は親よりずっと優秀だ。まさに鳶が鷹を生んだようだ。

佢叻過爸爸媽媽，真係青出於藍喇！

他比父母優秀，真是青出於藍而勝於藍啊！

解說

「鳶」雖然外型與「鷹」相似，但是能力遠遠比不上「鷹」。「鳶が鷹を生む」用來比喻孩子的能力比父母優勝。這句話除了用來比喻子女比父母傑出，也可以用來比喻學生比老師優異。

98 閑古鳥が鳴く

かんこどりがなく

kankodori ga naku

直譯：小鳥吱吱叫。

比喻：店鋪沒有顧客。

拍烏蠅

paak3 wu1 jing1

生意冷淡

shēng yì lěng dàn

例句

隣に新しい店が開店して以来、私たちの店は閑古鳥が鳴いている。

隔籬開咗間新舖，所以我哋間舖頭拍烏蠅。

隔壁開了新店，所以我們的店鋪生意冷淡。

解說

「閑古鳥」是杜鵑科屬的鳥類，又叫「大杜鵑」。「鳴く」指啼叫。在寂靜的荒山野嶺聽到閑古鳥吱吱叫，令人感到孤寂。「閑古鳥が鳴く」用來比喻店鋪生意冷淡，蕭條冷清。

99 立つ鳥跡を濁さず

たつとりあとをにごさず

tatsu tori ato o nigosazu

直譯：鳥非常輕巧地離開水面，不會使水變得渾濁。

比喻：離開時好好結束。

廣東話 好嚟好去

hou2 lai4 hou2 heoi3

普通話 善始善終

shàn shǐ shàn zhōng

例 句

辞職するときは立つ鳥跡を濁さずに去るべきだ。いつかまた一緒に仕事するかもしれないからね。

辭職都要好嚟好去，以後可能有機會合作吖嘛。

辭職也要善始善終，以後可能有機會合作的。

解 說

「立つ鳥跡を濁さず」用來提醒自己或者別人離開時要好好的結束。這句話使用的情況包括：1. 去旅行離開前要打掃乾淨，回復原狀；2. 離職前將工作内容交代清楚；3. 離開曾經相愛的人前感謝與祝福對方。

100 飛ぶ鳥を落とす勢い

とぶとりをおとすいきおい

tobu tori o otosu ikioi

直譯：影響力大到令飛鳥都掉下來。

比喻：人氣急升。

廣東話 人氣急升

jan4 hei3 gap1 sing1

普通話 人氣急升

rén qì jí shēng

例句

この新しい歌手の人気は飛ぶ鳥を落とす勢いで、どのコンサートも満席だ。

呢個新歌手人氣急升，每場演唱會都爆滿。

這個新歌手人氣急升，每場演唱會都爆滿。

解說

「飛ぶ鳥を落とす勢い」指足以令飛鳥墜落的強大動量。這一種勢不可擋的力量常常用來比喻：1. 人氣急升，例如：初出道演員，成為偶像；2. 業績急升，例如：開店不久，連續開了幾家分店。

101 泣きっ面に蜂

なきっつらにはち

nakittsura ni hachi

直譯：難過哭泣時，被蜜蜂螫臉。

比喻：不幸的事接二連三地發生。

廣東話 禍不單行

wo6 bat1 daan1 hang4

普通話 禍不單行

huò bù dān xíng

例　句

昨日は風邪で、今日は湿疹。まさに泣きっ面に蜂だね。

你琴日感冒，今日又出疹。真係禍不單行。

你昨天感冒，今天又起疹子。真是禍不單行。

解　說

最早出現在江戶時代 Iroha Karuta（五十音紙牌）的「泣きっ面に蜂」形容一個孩子因為難過而哭泣，偏偏蜜蜂還來螫臉。這句話通常用來哀嘆連續發生不幸事件，令人身心疲累。

102 社畜

しゃちく

shachiku

直譯：公司的牲畜。

比喻：為公司做牛做馬的職員。

廣東話 為公司做牛做馬

wai[6] gung[1] si[1] zou[6] ngau[4] zou[6] maa[5]

普通話 為公司當牛做馬

wèi gōng sī dāng niú zuò mǎ

例句

会社のために社畜として数十年働いたのに、老いたとたんに首になった。

佢為公司做牛做馬幾十年，老咗就畀公司炒魷魚。

他為公司當牛做馬幾十年，老了就被公司解僱。

解說

「社」是「会社」的簡稱，指「公司」，「畜」是「家畜」的簡稱。「社畜」多數用來自嘲或者是取笑那些甘願為機構做牛做馬的上班族。

很多日本上班族喜歡一生一世都在同一間大機構工作，因為相信「寄らば大樹の陰」（大樹底下好遮陰）。日本政府 2015 年修訂「商業法」，給予創業者很多優惠。但是 2023 年日本政府調查結果顯示，選擇創業作為理想職業的人數只有 25%。

103 猫舌

ねこじた

nekojita

直譯：貓的舌頭。

比喻：怕熱食的人。

怕食熱嘢嘅人

paa[3] sik[6] jit[6] je[5] ge[3] jan[4]

怕熱食的人

pà rè shí de rén

例句

私は猫舌なので、スープを飲み終えるのがいつも最後だ。

我係怕食熱嘢嘅人，每次飲湯都係我最後飲完。

我是怕熱食的人，每次喝湯都是我最後喝完。

104 猫背

ねこぜ

nekoze

直譯：貓的背部。

比喻：駝背的人。

廣東話 寒背

hon4 bui3

普通話 駝背

tuó bèi

例句

彼は座る時の姿勢が悪いので、猫背になった。

佢坐嘅姿勢唔好，所以變成寒背嘞。

他坐的姿勢不好，所以變成駝背了。

解說

貓在追捕獵物時從高處跳下來雙腳着地，拱起的背就像彈簧一樣可以分散身體上的負荷，使之平穩落地。日本人看到貓拱起的背，便用「猫背」來形容「駝背」的人。

105 猫の額

ねこのひたい

neko no hitai

直譯：貓的額頭。

比喻：一個面積很小的地方。

廣東話 豆腐膶咁細

dau⁶ fu⁶ jeon² gam³ sai³

普通話 空間狹小

kōng jiān xiá xiǎo

例句

うちは猫の額ほどの広さなので、友達を食事に呼べない。

我屋企豆腐膶咁細，唔請得朋友嚟食飯。

我家空間狹小，不能請朋友來吃飯。

106 猫を被る

ねこをかぶる

neko o kaburu

直譯：披着貓。

比喻：裝乖。

扮乖

baan^{6} gwaai^{1}

裝乖

zhuāng guāi

例　句

彼は学校では猫を被っているが、うちではとてもいたずらっ子だ。

佢喺學校扮乖，其實喺屋企好曳㗎！

他在學校裝乖，其實在家很頑皮的！

107 馬耳東風

ばじとうふう

baji tōfū

直譯：東風吹過馬的耳邊。

比喻：不聽取別人的意見或批評。

廣東話 左耳入右耳出

zo[2] ji[5] jap[6] jau[6] ji[5] ceot[1]

普通話 當耳邊風

dāng ěr biān fēng

例句

お母さんに勉強がんばりなさいと言われても、彼には馬耳東風だ。

阿媽叫佢畀心機讀書，佢左耳入右耳出。

媽媽叫他用心學習，他當耳邊風。

解說

「馬耳東風」來自中國唐朝李白《答王十二寒夜獨酌有懷》：「東風射馬耳」。宋朝詩人蘇軾《和何長官六言次韻》：「何殊馬耳東風」。日本早在唐朝已經派留學生到中國學習，其中一位政治家及詩人叫阿倍仲麻呂，與李白是好朋友，所以可能有聽過「東風射馬耳」。現代用這句話來：1. 勸導；2. 建議；3. 批評；4. 責罵。

108 馬子にも衣裳

まごにもいしょう

mago ni mo ishō

直譯：馬夫穿衣服。

比喻：穿高級的衣裳，身分也提高。

廣東話 人靠衣裝

jan4 kaau3 ji1 zong1

普通話 人靠衣裝

rén kào yī zhuāng

例 句

馬子にも衣裳だね。着飾った後は本当にきれいだ。

真係人靠衣裝，你打扮之後好靚呀！

真是人靠衣裝，你打扮之後好漂亮啊！

解 說

「馬子にも衣裳」指身分低微的馬夫穿上高級衣裳，便會顯得很體面。日本人喜歡用這句話來製造歡愉氣氛，例如：1. 取笑別人穿上漂亮的衣服，看起來身分也變高貴了；2. 自嘲穿上漂亮的衣服，才算看起來體面。這句話類似中文「佛要金裝，人要衣裝」。

109 犬猿の仲

けんえんのなか

ken en no naka

直譯：犬和猴子的關係。

比喻：雙方對立，不能相容。

廣東話 **前世撈亂骨頭**

cin4 sai3 lou1 lyun6 gwat1 tau4

普通話 **水火不容**

shuǐ huǒ bù róng

例句

あの二人は犬猿の仲だから、協力し合うのは無理だね。

佢哋兩個冇辦法合作，因為佢哋前世撈亂骨頭吖嘛。

他們兩個沒辦法合作，因為水火不容嘛。

解說

「犬猿の仲」來自日本民間故事。神明為了決定十二生肖的排行次序，舉辦賽跑比賽。狗和猴子一起跑到獨木橋爭執誰先過橋，最後都掉到了河裏。最後狗排第九位，猴子排第十一位。「犬猿の仲」從此引申為「兩者感情不好、爭吵不斷」。日本的十二生肖叫「十二支」，每年1月1日除舊迎新。日本的「猪」指野豬，「豚」才指豬。以下可以看到中國和日本十二生肖的異同。

排序	1	2	3	4	5	6
中國	鼠	牛	虎	兔	龍	蛇
日本	鼠	牛	虎	兎	竜	蛇
排序	7	8	9	10	11	12
中國	馬	羊	猴	雞	狗	豬
日本	馬	羊	猿	鶏	犬	猪

110 犬も食わない

いぬもくわない

inu mo kuwanai

直譯：連狗都不吃。

比喻：別管。

唔好理

m^{4} hou^{2} lei^{5}

別管

bié guǎn

例 句

夫婦喧嘩は犬も食わないから妹夫婦も自然に仲直りするよ。

唔好理細妹同老公嗌交，兩夫婦會自然好返㗎喇。

別管妹妹和老公吵架，兩夫婦會自然和好的。

111 大山鳴動して鼠一匹

たいざんめいどうしてねずみいっぴき

taizan meidō shite nezumi ippiki

直譯：大山發出巨響和振動之後，有一隻老鼠跑出來。

比喻：事前聲勢很大，但實際效果不大。

廣東話 咁大陣仗都冇用

gam[3] daai[6] zan[6] zoeng[6] dou[1] mou[5] jung[6]

普通話 雷聲大雨點小

léi shēng dà yǔ diǎn xiǎo

例句

会社が大金をつぎ込んで彼をデビューさせようとしたが、鳴かず飛ばずだった。大山鳴動して鼠一匹とはこのことだ。

公司使咗咁多錢捧佢，佢都冇紅到。真係咁大陣仗都冇用。

公司花了那麼多錢來捧他，他都紅不起來。真是雷聲大雨點小。

解說

「大山鳴動して鼠一匹」其實省略了動詞「跑出來」，但是大家都明白。這句話據傳在十六世纪從歐洲傳入日本，原文是拉丁文「Parturiunt montes, nascetur ridiculus mus」。現代日本人常在以下情境使用此句：1. 過分反應，小題大做；2. 話說得很有氣勢，但是本領卻很少；3. 場面宏大，但收效甚微。

112 狸寝入り

たぬきねいり

tanuki neiri

直譯：狸貓睡覺。

比喻：為了自己的利益裝睡。

詐瞓

zaa3 fan3

裝睡

zhuāng shuì

例句

若者が電車で狸寝入りして、老人に席を譲ろうとしない。

一個後生仔喺火車坐喺度詐瞓，唔讓位畀老人家。

一個年輕人在火車上坐着裝睡，不讓座給老人家。

113 取らぬ狸の皮算用

とらぬたぬきのかわざんよう

toranu tanuki no kawazan yō

直譯：抓到狸貓之前，已經在計算狸貓的皮可以賣多少錢。

比喻：還沒有把握得到，就盤算稱心如意的計劃。

廣東話 打如意算盤

daa[2] jyu[4] ji[3] syun[3] pun[4]

普通話 打如意算盤

dǎ rú yì suàn pán

例句

彼は取らぬ狸の皮算用で、韓国で韓国語を勉強した後、いい仕事を見つけるつもりだ。

佢打如意算盤。去韓國學好韓文之後，就搵到好工。

他打如意算盤。去韓國學好韓文之後，就找到好工作。

解説

古代有獵人抓到狸貓後，將其皮毛賣掉換取錢財。「取らぬ狸の皮算用」比喻還沒有真正得到想要的，心裏已經有稱心如意的計劃。這句話通常用來：1. 自嘲；2. 開玩笑；3. 取笑別人。

114 二兎を追う者は一兎をも得ず

にとをおうものはいっとをもえず

nito o ou mono wa itto o mo ezu

直譯：同時要抓兩隻兔子，結果一隻也沒抓到。

比喻：同時做兩件事，結果都做不好。

廣東話 **兩頭唔到岸**

loeng5 tau4 m4 dou3 ngon6

普通話 **兩頭落空**

liǎng tóu luò kōng

例句

日本語も韓国語も勉強しようだなんて、二兎を追う者は一兎をも得ずだよ。

你又學日文又學韓文，會兩頭唔到岸㗎喎！

你又學日文又學韓文，會兩頭落空啊！

解說

日本人一直有獵兔的習慣，所以明治時代有人把英文諺語「If you run after two hares, you will catch neither.」（如果你追兩隻兔子，你一隻也抓不到）翻譯成「二兎を追う者は一兎をも得ず」。在《暑中休暇》（1892 年）也可以找到這句話。現代使用的情況包括：1. 學習，例如：在大學主修和副修；2. 工作，例如：同時寫兩份計劃書；3. 交友，例如：一個男人同時與兩個女人約會。

115 蚤の心臓

のみのしんぞう

nomi no shinzō

直譯：跳蝨的心臟。

比喻：極度容易害怕。

細膽

sai^{3} daam^{2}

膽小

dǎn xiǎo

例　句

彼女は蚤の心臓だから、ジェットコースターに乗れない。

佢好細膽，唔敢坐過山車。

她很膽小，不敢坐過山車。

116 亀の甲より年の功

かめのこうよりとしのこう

kame no kō yori toshi no kō

直譯：龜積聚多年的經驗。

比喻：長者積聚多年的經驗。

廣東話 薑越老越辣

goeng1 jyut6 lou5 jyut6 laat6

普通話 薑還是老的辣

jiāng hái shì lǎo de là

例句

祖父に聞けば私が解決できない問題でも解決してくれる。さすが亀の甲より年の功だ。

我問阿爺好多我解決唔到嘅問題，佢都解決到。果然薑越老越辣。

我問爺爺很多我解決不了的問題，他都能解決。果然薑還是老的辣。

解說

「亀の甲より年の功」的「亀の甲」指龜殼，「年の功」指年事高且經驗豐富。這句話用來比喻長者因多年積累的實戰經驗而擁有了智慧和技能。

「亀の甲より年の功」從江戶時代已經開始使用，傳說與佛教有關。現代用這句話來提醒年輕人要尊重年長的領導專家、資深人士、大師、老前輩。那些沒有學識的老人家也要尊重，因為他／她們在生命的歷練下，累積下來很多實用的生活智慧。

117 出鱈目

でたらめ

detarame

直譯：鱈魚的眼睛突出來。

比喻：沒有根據地胡說八道。

廣東話 亂噏

lyun2 ap1

普通話 胡説

hú shuō

例句

 あいつの言うことは出鱈目だ。

 佢講嘅嘢都係亂噏。

他説的話都是胡説。

解説

江戶時代的賭徒喜歡用「擲骰子」來賭博。莊家丟出骰子前，賭徒要先投注一個點數。莊家擲完骰子後出來的點數稱為「出た目」，賭徒中了該點數便算贏。

因為「出鱈目」(detarame) 與「出た目」(detame) 的發音相似，所以用來比喻毫無根據的胡言（包括説話及文字）。常用的情況包括：1. 因為嫉妒而胡説一些謠言來中傷別人；2. 八卦雜誌為了吸引讀者而製造假新聞。

118 魚心あれば水心

うおごころあればみずごころ

uo gokoro areba mizu gokoro

直譯：魚對水有心，水就對魚有心。

比喻：如果你表示善意，對方也會這樣對你。

廣東話 **你對我好，我就對你好**

nei[5] deoi[3] ngo[5] hou[2], ngo[5] zau[6] deoi[3] nei[5] hou[2]

普通話 **你對我好，我就對你好**

nǐ duì wǒ hǎo, wǒ jiù duì nǐ hǎo

例　句

誰でも「魚心あれば水心」だから、人には誠心誠意を尽くすべきだ。

「你對我好，我就對你好」是人之常情，所以你要誠心誠意對人。

「你對我好，我就對你好」是人之常情，所以你要誠心誠意對待別人。

解　説

「魚心あれば水心」用魚和水來比喻「人」。這句話表明，在人際關係中，互相尊重、彼此幫助是十分重要的。長輩會以此勸勉晚輩：無論在何種場合，都應先對人表示善意。

119 まな板の上の鯉

まないたのうえのこい

manaita no ue no koi

直譯：砧板上的鯉魚。

比喻：無力抵抗，任人宰割。

廣東話 肉隨砧板上

juk[6] ceoi[4] zam[1] baan[2] soeng[6]

普通話 任人魚肉

rèn rén yú ròu

例　句

会社が減給を決定したが、われわれはまな板の上の鯉だから受け入れざるをえない。

公司話要減我哋人工，肉隨砧板上，唔接受都唔得。

公司說要減我們薪酬，我們不得不任人魚肉。

解　説

大家到菜市場會看到賣魚販從水中撈起活魚後，把魚頭按在砧板上，魚便沒有辦法掙扎，任人宰割。

中國《史記》：「如今人方為刀俎，我為魚肉」。這句話很形象化，用來比喻當一個人知道自己走投無路後，只好任由他人擺佈。日本翻譯成「まな板の上の鯉」，「まな板の上」指砧板上，「鯉」指鯉魚。

120 逃がした魚は大きい

にがしたさかなはおおきい

nigashita sakana wa ōkii

直譯：差點上鉤的大魚逃掉了。

比喻：因為失去好機會而後悔。

廣東話 走寶

zau2 bou2

普通話 錯失良機

cuò shī liáng jī

例句

ハイテク商品に投資しなかったが、実は高利益なものだと今頃知った。逃がした魚は大きいな！

當初放棄投資高科技產品，而家先知可以賺錢，真係走寶！

當初放棄投資高科技產品，現在才知道可以賺錢，真是錯失良機！

6 顏色篇

121 語文遊戲

按照日文，填上中文對照空白處。

日文

青天の霹靂

せいてんのへきれき

seiten no hekireki

中文

（　）（　）霹 靂

答案是**「晴天霹靂」**：(廣) zi^{2} $cing^{4}$ tin^{1} pik^{1} lik^{1}，

(普) qíng tiān pī lì。

解説：來自中國成語「晴天霹靂」，用「晴天突然打雷」來比喻收到突如其來的懷消息或者突然發生驚人事件。

122 語文遊戲

按照中文，選擇正確日文填入空白處。

中文

黑 心

廣：hak^{1} sam^{1}

普：hēi xīn

日文

（　）黒 い

（　）是：1. 目 2. 心 3. 腹

答案是 3**「腹黒い」**：はらぐろい，hara guroi。

解説：日本的「サヨリ」(水針魚)外表很亮麗，但是腹内膜是黑色的，所以用「腹黒い」來比喻黑心。

123 青二才

あおにさい

ao ni sai

直譯：太青澀，只有兩歲。

比喻：沒有經驗的年輕人。

靚仔

leng^{1} zai^{2}

毛頭小子

máo tóu xiǎo zi

例　句

このプロジェクトをあんな青二才に任せるのは不安だ。

我唔放心將呢個計劃交畀靚仔負責。

我不放心將這個計劃交給毛頭小子負責。

解　説

「青二才」的「青」本來指藍色，引申為年輕不成熟的男性。「才」指歲，「二才」指兩歲，引申為缺乏經驗。這句話通常用來：1. 嘲笑別人，例如：缺乏經驗的新手；2. 讚賞別人，例如：年輕人勇於嘗試；3. 評論別人，例如：甚麼都不懂的小伙子；4. 表示謙虛，例如：年輕人説自己缺乏經驗。

124 紅一点

こういってん

kō itten

直譯：一點紅色。

比喻：在眾多男性之中唯一的女性。

廣東話 唯一嘅女人

wai⁴ jat¹ ge³ neoi⁵ jan²

普通話 唯一的女人

wéi yī de nǚ rén

例句

彼女はパイロット訓練生の紅一点だ。

佢係機師訓練班唯一嘅女人。

她是飛行員訓練班唯一的女人。

解說

中國宋代王安石寫的《咏石榴花》:「濃綠萬枝紅一點」。本來是描寫一片綠油油的草叢有一朵紅花,十分奪目。後來中國人用「萬綠叢中紅一點」來比喻在眾多男性的群體中,只有一位女性。

日本借用「萬綠叢中紅一點」後,省略成「紅一点」,其比喻含義與中文一致。

125 大黑柱

だいこくばしら

Daikoku-bashira

直譯：房屋的主要柱子。

比喻：支撐人們的主要支柱。

廣東話 **頂樑柱**

ding^{2} loeng^{4} cyu^{5}

普通話 **頂樑柱**

dǐng liáng zhù

例句

お父さんはうちの大黑柱だ。

爸爸係我哋屋企嘅頂樑柱。

爸爸是我們家的頂樑柱。

解說

日本由於常常地震，所以使用堅硬木質材料做頂樑柱支撐房屋。這根「大黑柱」(主柱)，因為在房屋的中央位置，可以承受地震，房屋不會倒塌。「大黑柱」通常用來比喻一個地方的主要人物：1. 家庭，例如：爸爸是頂樑柱；2. 學校，例如：校長是頂樑柱；3. 公司，例如：創辦人是頂樑柱；4. 國家，例如：領導人是頂樑柱。

126 人生色々

じんせいいろいろ

jinsei iro iro

直譯：人生各種顏色。

比喻：人生經歷的種種幸福與痛苦。

廣東話 人生有酸甜苦辣

jan4 sang1 jau5 syun1 tim4 fu2 laat6

普通話 人生有酸甜苦辣

rén shēng yǒu suān tián kǔ là

例　句

人生色々あってこそ本当の人生だ。

人生有酸甜苦辣先至係真實嘅生活。

人生有酸甜苦辣才是真實的生活。

解　説

日文「人生色々」的「々」是重複前面那個字的符號，所以應該是「人生色色」。這句話用來比喻人生的「酸甜苦辣」。每個人都不想經歷失意、痛苦，但是五味雜陳的人生才算圓滿。「人生色々」也可以寫成「人生いろいろ」。

127 青雲の志

せいうんのこころざし

seiun no kokorozashi

直譯：青雲的志向。

比喻：志向高遠。

廣東話 **遠大理想**

jyun^5 daai^6 lei^5 soeng^2

普通話 **遠大理想**

yuǎn dà lǐ xiǎng

例句

私の友人は青雲の志を持った人だ。

我朋友係個有遠大理想嘅人。

我朋友是個有遠大理想的人。

解說

「青雲の志」的「青雲」指高位，比喻一個人有志於揚名於世。長輩常用來勉勵晚輩：面對艱難時，反而要更加堅持遠大的理想。這句話來自唐朝詩人王勃《滕王閣序》：「窮且益堅，不墜青雲之志」。日本人引用後將「青雲之志」翻譯為「青雲の志」。

從 20 世紀 60 年代開始，香港人將日本調味品「味の素」翻譯成「味之素」。由此可見，日本人先將「之」翻譯成「の」，後來香港人不約而同將「の」譯回「之」。

128 亭主関白

ていしゅかんぱく

teishu kanpaku

直譯：丈夫是掌權者。

比喻：丈夫是家庭的獨裁者。

廣東話 大男人

daai[6] naam[4] jan[2]

普通話 大男人

dà nán rén

例 句

ボスは亭主関白に見えるが、実は恐妻家だ。

老闆表面上係大男人，實際上怕老婆。

老闆表面上是大男人，實際上怕老婆。

解 説

「亭主」指一家之主，「関白」指掌權者。「亭主関白」指在家裏發號施令的人。傳統日本太太對丈夫説話要用敬語，而丈夫對太太只會説三句話：「飯、風呂、寝る」（吃飯、洗澡、睡覺）。日本 1999 年創立「全国亭主関白協会」，提倡丈夫對太太的愛意要表示出來，説：「多謝、對不起、我愛你」。

129 黃色い声

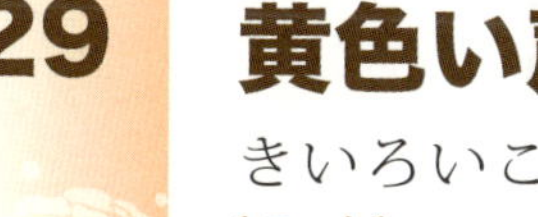

きいろいこえ

kīroi koe

直譯：黃色的聲音。

比喻：女性興奮的尖叫聲。

興奮到尖叫

hing[1] fan[5] dou[3] zim[1] giu[3]

興奮到尖叫

xīng fèn dào jiān jiào

例　句

ファンはアイドルの姿を見て興奮して黃色い声を上げた。

啲粉絲一見到偶像就興奮到尖叫。

粉絲們一看到偶像就興奮到尖叫。

解　説

日本人覺得女人興奮時發出的尖叫聲，聽起來像金屬摩擦時所發出的高亢聲音，所以用「黃色い声」來形容。

130 真っ赤な嘘

まっかなうそ

makka na uso

直譯：紅色的謊言。

比喻：一個徹頭徹尾的謊言。

廣東話 擘大眼講大話

maak[3] daai[6] ngaan[5] gong[2] daai[6] waa[6]

普通話 睜着眼睛説瞎話

zhēng zhe yǎn jing shuō xiā huà

例　句

健康食品が誇大広告で糖尿病を治せるなどと言うのは真っ赤な嘘だ。

有啲健康食品誇大宣傳話可以醫好糖尿病，其實係擘大眼講大話。

有些健康食品誇大宣傳稱能夠醫治糖尿病，其實是睜着眼睛説瞎話。

解　説

「赤」指紅色，而詞組「真っ赤」指完全或明顯。「真っ赤な嘘」指一個徹頭徹尾的謊言。這種謊言因為太明顯，別人一聽便會拆穿。

用「赤」來指完全或明顯的詞組還有：1.「赤っ恥」（完全是個恥辱）；2.「赤の他人」（完全不認識的人）。

131 顏色が悪い

かおいろがわるい

kao iro ga warui

直譯：臉色差。

比喻：臉色蒼白。

面色好差

min⁶ sik¹ hou² caa¹

臉色很差

liǎn sè hěn chà

例　句

顔色が悪いようですが、気分が悪いんですか？

你面色好差，係咪唔舒服？

你臉色很差，是不是不舒服？

132 薔薇色の人生

ばらいろのじんせい

barairo no jinsei

直譯：玫瑰人生。

比喻：人生充滿幸福。

廣東話 一生幸福

jat[1] sang[1] hang[6] fuk[1]

普通話 一生幸福

yī shēng xìng fú

例句

結婚式で友人たちは彼女に薔薇色の人生を送ってねと祝福した。

佢結婚嗰陣，啲朋友都祝佢一生幸福。

她結婚時，朋友們都祝她一生幸福。

解說

玫瑰花有很多品種，最常見的是「玫瑰」(beach rose) 與「薔薇」(multiflora rose)。日本有很多「薔薇」，所以日本人把不同品種的玫瑰花都稱為「薔薇」。「薔薇色の人生」來自 1946 年法國女歌手 Édith Piaf 唱的《La vie en rose》。日本人用這句話來表示：1. 回頭看過去的人生充滿幸福；2. 現在感到幸福充滿希望；3. 憧憬着未來可以有幸福的生活。

133 青写真を描く

あおじゃしんをえがく

ao jashin o egaku

直譯：繪製藍圖。

比喻：規劃未來的藍圖。

廣東話 **計劃未來**

gai[3] waak[6] mei[6] loi[4]

普通話 **計劃未來**

jì huà wèi lái

例 句

結婚前に私たちは将来の生活の青写真を描いていた。

我哋結婚之前，已經一齊計劃未來點樣生活。

我們結婚之前，已經一起計劃未來怎樣生活。

解 說

「写真」指「照片」，「描く」指畫。「青写真を描く」是把設計圖曬成藍圖的技術：通過化學顯影在藍色背景上呈現白色線條，製成可複製的藍圖照片。在日常語境中，這句話常被引申為規劃未來的藍圖。

134 赤信号が灯る

あかしんごうがともる

aka shingō ga tomoru

直譯：亮起紅燈。

比喻：進入危險狀態。

廣東話 發出警告信號

faat3 ceot1 ging2 gou3 seon3 hou6

普通話 亮起紅燈

liàng qǐ hóng dēng

例句

健康にもう赤信号が灯っているので、徹夜をしてはいけません。

你身體已經發出警告信號，唔好再開通頂喇！

我出國留學，最想念媽媽做的菜。

解說

「赤信号が灯る」比喻因某種原因未能達標，情況已經進入危險狀態。通常形容的問題包括：健康、財政、工作、政策、學習等。

135 隣の芝生は青い

となりのしばふはあおい

tonari no shibafu wa aoi

直譯：鄰居的草比較青綠。

比喻：大家總覺得別人的東西比自己的好。

廣東話 **隔籬飯香**

gaak[3] lei[4] faan[6] hoeng[1]

普通話 **這山望着那山高**

zhè shān wàng zhe nà shān gāo

例 句

多くの人が他人のことを羨ましいと思うのは、隣の芝生は青いからだろう。

好多人都羨慕人哋，可能係隔籬飯香囉！

很多人都羨慕別人，可能是這山望着那山高吧！

解 說

不同國家的人都會覺得別人的東西比自己的好。英文的諺語是：「The grass is always greener on the other side」。日文有以下幾種說法：

	日文	中文意思
1	隣の芝生は青い	鄰居的草比較青綠
2	隣の花は赤い	鄰居的花比較紅
3	隣の糂粏味噌	鄰居的味噌比較好

136 目を白黒させる

めをしろくろさせる

me o shiro kuro saseru

直譯：驚訝到翻白眼。

比喻：嚇得驚慌失措。

嚇到眼都突埋

haak^{3} dou^{3} ngaan^{5} dou^{1} dat^{6} maai^{4}

嚇得翻白眼

xià de fān bái yǎn

例 句

お医者さんにガンだと言われて、私はびっくりして目を白黒させた。

醫生話我生 cancer，嚇到我眼都突埋。

醫生説我有癌症，嚇得我翻白眼。

137 白羽の矢が立つ

しらはのやがたつ

shiraha no ya ga tatsu

直譯：一支白色羽毛箭頭的箭矗立着。

比喻：被選中。

廣東話 揀咗

gaan² zo²

普通話 選中

xuǎn zhòng

例 句

会社の新しいプロジェクトの責任者として私に白羽の矢が立った。

公司揀咗我做新 project 嘅負責人。

公司選中我當新項目的負責人。

解 説

日本古代祭神的習俗。「白羽の矢」指白色羽毛箭頭的箭，「立つ」指矗立。當時祭祀神明會用一個女孩作為祭品，而被選中的女孩，會在她屋頂上矗立一根白色羽毛箭頭的箭作為標記。「白羽の矢が立つ」比喻在眾人中選出來的犧牲者。現代用這句話來比喻在人群裏面選中的精英。

138 朱に交われば赤くなる

しゅにまじわればあかくなる

shu ni majiwareba akaku naru

直譯：與朱紅色混合後變成紅色。

比喻：朋友對我們造成巨大的影響，接近好人使人變好。

廣東話 近朱者赤

gan6 zyu1 ze2 cek3

普通話 近朱者赤

jìn zhū zhě chì

例 句

いい人と友達になりなさい、朱に交われば赤くなるからね。

你要同好人做朋友，因為近朱者赤呀！

你要跟好人做朋友，因為近朱者赤啊！

解 說

「朱に交われば赤くなる」來自中國西晉時期傅玄寫的〈太子少傅箴〉：「近朱者赤近墨者黑」。「朱」比喻好人，「墨」比喻壞人。這句話用來勸導大家要謹慎交友。日本人只是借用了「近朱者赤」，省略了「近墨者黑」，通常用來提醒年輕人朋友的影響很大。

139 頭の中が真っ白になる

あたまのなかがまっしろになる

atama no naka ga masshiro ni naru

直譯：腦子一片空白。

比喻：因為太緊張而影響到思考能力或記憶。

個腦 function 唔到

go³ nou⁵ function m⁴ dou²

腦子一片空白

nǎo zi yī piàn kòng bái

例　句

会場でスピーチをした時、緊張で頭の中が真っ白になった。

我上台演講嗰陣時，緊張到個腦 function 唔到。

我上台演講的時候，緊張得腦子一片空白。

7 身體部位篇

140 語文遊戲

按照日文，填上中文對照空白處。

日文

足を洗う

あしをあらう

ashi o arau

中文

(　　)盆(　　)手

答案是**「金盆洗手」**：(廣) gam[1] pun[4] sai[2] sau[2]，

(普) jīn pén xǐ shǒu。

解說：用「洗腳」來比喻洗心革面。

141 語文遊戲

按照中文，選擇正確日文填入空白處。

中文

第 二 個 胃

廣：dai[6] ji[6] go[3] wai[6]

普：dì èr ge wèi

日文

別(　　)

(　　)是：1. 口 2. 腹 3. 胃

答案是 2**「別腹」**：べつばら，betsu-bara。

解說：用「別的腹部」來比喻吃飽了還想吃喜愛的食物。

142 首を切る

くびをきる

kubi o kiru

直譯：斬脖子。

比喻：解僱。

炒魷魚

caau2 jau4 jyu2

炒魷魚

chǎo yóu yú

例　句

会社から首を切られたが、すぐにいい仕事が見つかった。

我畀公司炒魷魚之後，即刻搵到份苟工。

我被公司炒魷魚之後，馬上找到好工作。

解　說

「首を切る」的「首」指「脖子」，現代用來比喻「解僱」。近年在日本「首を切る」成為日常用語，因為公司經營困難，表現不好的僱員會被「解僱」。日常口語中，很多人把「首を切る」的「を切る」省略，只用「首」來指解僱。

143 頭隠して尻隠さず

あたまかくしてしりかくさず

atama kakushite shiri kakusazu

直譯：只會藏頭不藏屁股。

比喻：暴露出缺點或漏洞。

廣東話　穿煲

cyun[1] bou[1]

普通話　露餡兒

lòu xiànr

例句

同僚の二人は付き合っていることを否定したが、頭隠して尻隠さず、同じ鍵を使っていることがバレた。

兩個同事否認拍拖，畀人發現用一樣嘅鎖匙扣就穿煲嘞。

兩個同事否認拍拖，被人發現用一樣的鑰匙扣就露餡兒了。

解說

「頭隠して尻隠さず」的「頭隠して」指「隱藏頭部」，「尻隠さず」指「不隱藏屁股」。這句話來自日本人觀察到日本國鳥「雉」居住在草叢中，獵人狩獵時，「雉」察覺到危險，便會立即把頭藏進草叢裏，它的長尾巴卻仍然突出來。現代用「頭隠して尻隠さず」來比喻暴露出缺點或漏洞，例如：小孩偷食後沒有擦乾淨嘴巴露餡兒了，被媽媽發現。

144 首を長くして待つ

くびをながくしてまつ

kubi o nagaku shite matsu

直譯：伸長脖子來等。

比喻：非常盼望。

廣東話 等到頸都長

dang^{2} dou^{3} geng^{2} dou^{1} coeng^{4}

普通話 等到脖子都酸了

děng dào bó zi dōu suān le

例 句

王さんの奥さんは娘の結婚を首を長くして待っている。

王太等個女結婚等到頸都長。

王太太等女兒結婚等到脖子都酸了。

解 説

「首を長くして待つ」的「首」指「脖子」，「長くして」指「伸長」，「待つ」指「等待」。直譯是「伸長脖子來等」，比喻「非常期待」。這句話來自中國西晉陳壽撰寫的《三國志・蜀書》（三世紀）裏面「今寇虜作害，民被荼毒，思漢之士，延頸鶴望。」日本人借用後用來比喻：1. 人，例如：等外地工作的男朋友回來；2. 事，例如：等公司升職加薪的消息；3. 物，例如：等訂購的最新型號手機送來。

145 顏が広い

かおがひろい

kao ga hiroi

直譯：面相很廣。

比喻：認識很多人，與這些人的關係都很好。

廣東話 **人緣好廣**

jan4 jyun4 hou2 gwong2

普通話 **人脈很廣**

rén mài hěn guǎng

例句

この営業マンは顔が広いから、成績がいい。

呢個推銷員人緣好廣，所以業績好好。

這個推銷員人脈很廣，所以業績很好。

解說

江戶時代開始使用「顔が広い」，其中「顔」除了指「面相」，還可以指「聯繫範圍」。這句話說明：建立密切的人際關係，便可以借助他人的力量。現代多用於商業場景。學生畢業後成為上班族，其人脈大多來自同事、客戶、朋友。如果想拓展人脈，有專家建議：1. 參加實體活動；2. 加入網絡社群；3. 建立個人公開網絡頻道。

146 顏に泥を塗る

かおにどろをぬる

kao ni doro o nuru

直譯：將泥巴抹在臉上。

比喻：因某種行為令他人或工作機構失去面子。

丟架

diu^{1} gaa^{2}

丟臉

diū liǎn

例　句

父は先生だから私の成績が悪いと父の顔に泥を塗ることになる。

我爸爸係老師。我成績差令爸爸丟架。

我爸爸是老師。我成績差令爸爸丟臉。

解　說

「顏に泥を塗る」被用來表示損害他人或工作機構的名譽。日本古代在戰鬥中戰敗或受辱時，臉上要塗泥巴來表示羞恥。這裏的「泥を塗る」指的是面子、榮譽。在臉上塗抹泥巴表示一個人的榮譽受到玷污或喪失，所以「顏に泥を塗る」用來比喻因不當的行為令家族、學校、長輩、公司沒有面子。

147 岡目八目

おかめはちもく

okame hachi moku

直譯：圍棋旁觀者能預知參賽者接下去八步的棋步應該如何走。

比喻：局外人對事情的來龍去脈，比當事人清楚。

廣東話 旁觀者清

pong4 gun1 ze2 cing1

普通話 旁觀者清

páng guān zhě qīng

例句

彼女が君のこと好きだかわからないって言うけど、岡目八目だから、僕には彼女が君に好意を持ってるのがわかるよ。

你唔知佢係咪鍾意你。我旁觀者清，睇得出佢對你有好感。

你不知道她是不是喜歡你。我旁觀者清，看得出她對你有好感。

解說

「岡目八目」即是「傍目八目」，是圍棋比賽的用語，描述參賽者與旁觀者的心理狀況。「岡目」指「旁觀者」，「八目」指能夠看透在下這一步棋之後的八步要怎麼走。在圍棋比賽中，參賽者往往太過專注於怎樣下這一步棋，而無法提前透視棋局的情況。頭腦清醒，思路清晰的旁觀者卻可以預知接下去八步的棋步。日本人用來比喻局外人對事情的來龍去脈，比當事人更清楚。

148 真面目

まじめ

majime

直譯：認真。

比喻：性格、態度、行為認真。

認真

jing6 zan1

認真

rèn zhēn

例句

彼は真面目でいい学生です。

佢係個認真嘅好學生。

她是個認真的好學生。

解說

華人看到「真面目」會想到一個人的原本面目。日文「真面目」的意思是「認真」，可以指：性格、態度、行為認真。

149 目の保養

めのほよう

me no hoyō

直譯：保養眼睛。

比喻：視覺得到滿足。

廣東話 大飽眼福

daai6 baau2 ngaan5 fuk1

普通話 大飽眼福

dà bǎo yǎn fú

例句

四月に日本に桜を見に行けば、目の保養になりますよ。

四月去日本睇櫻花，可以大飽眼福。

四月去日本看櫻花，可以大飽眼福。

解說

日文有不同的慣用語來形容身體不同器官感受到愉悅，便會感到滿足，例如：1.「目の保養」指看到美麗的人、風景、藝術品、表演，覺得大飽眼福；2.「耳の保養」指聽到優美的音樂、歌曲、天籟，覺得大飽耳福；3.「口の保養」指吃到好吃的食物，覺得大飽口福；4.「心の保養」指感受到美好的人、事、物，心靈獲得祥和平靜；5.「鼻の保養」指聞到舒服的氣味，鼻子感覺很舒服。

150 目が肥える

めがこえる

me ga koeru

直譯：眼睛肥胖。

比喻：有能力辨別事物的真假好壞。

廣東話 有鑒別能力

jau5 gaam3 bit6 nang4 lik6

普通話 有鑒別能力

yǒu jiàn bié néng lì

例句

父は芸術家なので、芸術品に対して目が肥えている。

爸爸係藝術家，所以佢對藝術品也有鑒別能力。

爸爸是藝術家，所以他對藝術品也有鑒別能力

解說

「目が肥える」指眼睛肥胖，所以辨別能力增加了。這句話通常用來比喻一個人對美術品、古董具有鑒別能力。後來引申到不同的範疇，例如：1. 高雅的品味，例如：服裝設計；2. 食物的品質，例如：米芝蓮指南；3. 專業評論，例如：音樂、電影、文學。

151 大目に見る

おおめにみる

ōme ni miru

直譯：用大眼睛看。

比喻：待人寬厚。

廣東話 隻眼開隻眼閉

zek3 ngaan5 hoi1 zek3 ngaan5 bai3

普通話 睜一隻眼閉一隻眼

zhēng yī zhī yǎn bì yī zhī yǎn

例　句

私はパパの方が好き。だって悪いことをした時、パパなら大目に見てくれるから。

佢鍾意爸爸多啲，因為做錯嘢，爸爸會隻眼開隻眼閉。

他比較喜歡爸爸，因為做錯事，爸爸會睜一隻眼閉一隻眼。

解　說

「大目」本意指「大眼睛」，引申為「只是粗略看看」。「大目に見る」用來比喻對於別人的過失採取寬容態度，不予追究。常見於以下情況：1. 孩子頑皮搗蛋；2. 朋友愚蠢的行為；3. 同事偷公司文具等。

152 目から鱗が落ちる

めからうろこがおちる

me kara uroko ga ochiru

直譯：眼睛上的魚鱗掉下來。

比喻：以前想不通的問題，得到新知識之後想通了。

廣東話 突然間領悟到

dat[6] jin[4] gaan[1] ling[5] ng[6] dou[2]

普通話 恍然大悟

huǎng rán dà wù

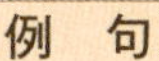

例句

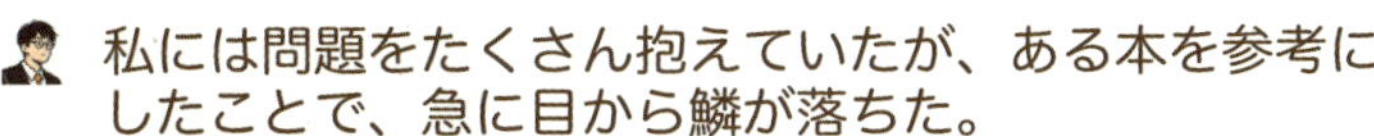

私には問題をたくさん抱えていたが、ある本を参考にしたことで、急に目から鱗が落ちた。

我有好多問題，睇咗一本書之後，突然間領悟到點樣解決。

我有很多問題，看了一本書後恍然大悟，知道怎樣解決。

解說

《新約聖經・使徒行傳》9 章 18 節記載保羅本來是一個迫害基督徒的人，有一天遇到耶穌後失明。後來信徒亞拿尼亞為他禱告，他的眼睛上好像有魚鱗掉下來，立刻就能看見。這個故事說明耶穌給予信徒新生命和啟示。日本把保羅重見光明的故事濃縮，翻譯成「目から鱗が落ちる」（眼睛上的魚鱗掉下來），比喻以前想不通的問題，得到新知識之後想通了。後來有人將這句話省略成「目から鱗」來比喻「大開眼界」，例如：看到朋友用 AI 繪畫，讓我大開眼界。

153 目に入れても痛くない

めにいれてもいたくない

me ni ire temo itakunai

直譯：看在眼裏不會痛。

比喻：把兒孫看成心肝寶貝。

廣東話 心肝椗

sam[1] gon[1] ding[3]

普通話 心肝寶貝

xīn gān bǎo bèi

例　句

末っ子は目に入れても痛くないほど可愛い。

個孻仔係佢嘅心肝椗，所以孻仔叫佢買咩都買。

小兒子是他的心肝寶貝，所以小兒子叫他買甚麼都買。

解　説

「目に入れても痛くない」的「目に入れ」指「放進眼裏」，「痛くない」指「不痛」。這句話用來比喻把兒孫看成心肝寶貝。很多父母對子女的管教都很嚴，但是把孫兒女看成心肝寶貝。

154 目と鼻の先

めとはなのさき

me to hana no saki

直譯：眼睛和鼻子之間的距離。

比喻：兩座建築物的距離非常近。

廣東話 好近

hou2 kan5

普通話 很近

hěn jìn

例 句

私の家と母の家は目と鼻の先なので、毎日母の家で食事をしている。

我屋企離媽媽屋企好近，所以每日都去佢屋企食飯。

我的家離媽媽的家很近，所以每天都到她家吃飯。

155 目糞鼻糞を笑う

めくそはなくそをわらう

me kuso hana kuso o warau

直譯：眼屎笑鼻屎。

比喻：五十步笑百步。

廣東話 都唔好得去邊

dou[1] m[4] hou[2] dak[1] heoi[3] bin[1]

普通話 也好不到哪裏去

yě hǎo bù dào nǎ li qù

例句

あなたの成績だって目糞鼻糞を笑うようなものよ。弟のことを笑えないでしょ。

你嘅成績都唔好得去邊，唔好笑細佬。

你的成績也好不到哪裏去，不要取笑弟弟。

解說

「目糞鼻糞を笑う」比喻一個人嘲笑他人而不知自己有同樣的問題，類似中文「五十步笑百步」。這句話通常是第三者用來教訓甲方嘲笑乙方，因為甲方也有相同的缺點，例如：愚蠢、沒有能力。

156 後ろ髪を引かれる思い

うしろがみをひかれるおもい

ushiro-gami o hikareru omoi

直譯：後面的頭髮被拉住。

比喻：離別時依依不捨。

廣東話 唔捨得

m4 se2 dak1

普通話 捨不得

shě bu de

例　句

外国に留学する時、後ろ髪を引かれる思いで家の人と別れた。

我去外國留學，唔捨得離開屋企人。

我去外國留學，捨不得離開家人。

解　説

「後ろ髪を引かれる思い」的「後ろ髪」指「頭部後面的頭髮」，「引かれる」指「被別人拉」，「思い」指「感覺」。比喻兩人要分離時捨不得。

這句話源自室町時代「能劇」裏「道盛」的劇本。故事敍述武士道盛與敵人決戰前夕，與太太見最後一面。道盛離開時依依不捨，感覺好像被人拉着頭部後面的頭髮。

157 寝耳に水

ねみみにみず

ne mimi ni mizu

直譯：睡覺時耳朵裏有水。

比喻：對意想不到的事情感到驚訝。

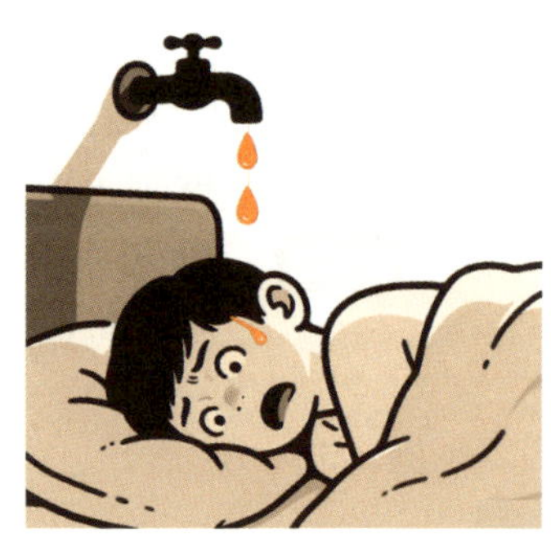

廣東話 **嚇親**

haak3 can1

普通話 **大吃一驚**

dà chī yī jīng

例　句

兄に彼女がいるとは知らかったので、来月結婚するという知らせは、全く寝耳に水だった。

我一路都唔知哥哥有女朋友。佢突然間話下個月結婚，真係嚇親我呀！

我一直都不知道哥哥有女朋友。他突然間説下個月結婚，令我大吃一驚！

解　説

關於「寝耳に水」的語源有兩種説法：1. 古代沒有天氣預報，所以人們晚上睡覺時聽到有人宣佈洪水侵襲，非常震驚；2. 聽到自己的耳朵裏有水聲，非常驚訝。這句話用來比喻聽到一件意想不到的好消息或壞消息，覺得非常驚訝。

158 口寂しい

くちさびしい

kuchi sabishii

直譯：嘴巴很寂寞。

比喻：貪饞。

廣東話 **口痕**

hau^2 han^4

普通話 **嘴饞**

zuǐ chán

例 句

私にダイエットは無理だ。なぜなら毎晩食事の後で、口寂しくて、スナックを食べてしまうから。

我冇辦法減肥，因為每晚食完飯都口痕食零食。

我沒有辦法減肥，因為每天晚上吃完飯都嘴饞吃零食。

解 說

「口寂しい」的「口」指「嘴巴」，「寂」指「寂寞」。日本人認為嘴巴感到寂寞的時候，吃點甚麼讓嘴巴動一動便會感到滿足。因為吃了零食或喝了飲品後會使人發胖，所以日本食品廠商便推出許多低熱量、低糖、低脂的小零食及飲品，讓消費者在滿足口慾的同時可以保持身材。

159 口先ばかり

くちさきばかり

kuchi saki bakari

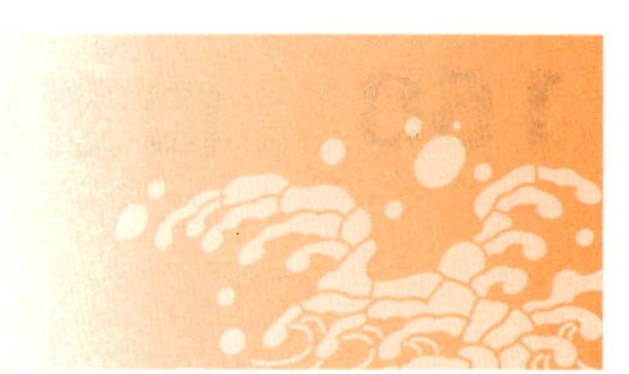

直譯：只是會説。

比喻：空談而無實際行動。

廣東話 得個講字

dak[1] go[3] gong[2] zi[6]

普通話 光説不做

guāng shuō bù zuò

例 句

彼はいつも口先ばかりで、何も成し遂げられない。

佢成日得個講字，所以一事無成。

他常常光説不做，所以一事無成。

160 口から先に生まれる

くちからさきにうまれた

kuchi kara saki ni umareru

直譯：出生時是嘴巴先出來的。

比喻：喋喋不休。

廣東話 口水多過茶

hau[2] seoi[2] do[1] gwo[3] caa[4]

普通話 說個沒完沒了

shuō ge méi wán méi liǎo

例句

彼は口から先に生まれたようなしゃべり好きだが、彼の奥さんはしゃべるのが嫌いだ。

佢成日口水多過茶，但係佢老婆就唔鍾意講嘢。

他總是說個沒完沒了，但是他老婆就不愛說話。

解說

「口から先に生まれる」形容得很具體，用「嘴巴」及「天生」作為核心意象。常見使用情況包括：1. 孩子說太多話時，父母用這句話來制止孩子再說下去；2. 很熟的朋友說太多話時，身邊的朋友用這句話來取笑他；3. 大家在背後用這句話來取笑一個共同認識的人說太多話。

161 口は災いの元

くちはわざわいのもと

kuchi wa wazawai no moto

直譯：口是災難的源頭。

比喻：説錯話會帶來災禍。

廣東話 禍從口出

wo6 cung4 hau2 ceot1

普通話 禍從口出

huò cóng kǒu chū

例句

その芸能人は会社の悪口を言っていたが、口は災いの元で、すぐに会社からクビになった。

呢個藝人講咗公司壞話。真係禍從口出，佢好快畀公司炒咗。

這個藝人説了公司壞話。真是禍從口出，他很快被公司開除了。

解説

「口は災いの元」據説來自中國以下文獻：1. 唐代佛教百科全書《法苑珠林》(668 年—683 年)：「禍從口出」；2. 五代馮道 (882 年—954 年)《舌》詩：「口是禍之門」；3. 宋朝《太平御覽》(983 年)：「禍從口出」。

日本從平安時代已經借入「口是禍之門」，翻譯成日文「口は禍の門」。到了江戸時代改為「舌は禍の根」、「口は善悪の門」。明治時期變成「口は禍の元」。到現代最常用的是「口は災いの元」。

162 口が裂けても言えない

くちがさけてもいえない

kuchi ga saketemo ienai

直譯：即使口裂開都不能說。

比喻：堅決不會說。

廣東話 點都唔講出嚟

dim[2] dou[1] m[4] gong[2] ceot[1] lai[4]

普通話 怎麼也不說出來

zěn me yě bù shuō chu lai

例 句

君に殺されようと、この秘密は口が裂けても言えない。

呢個秘密，就算打死我，我點都唔講出嚟。

這個秘密，就算打死我，我怎麼也不說出來。

解 說

「口が裂けても言えない」是指已經打定主意，即使我的嘴被人強行張開，我怎麼都不說出來。我們認為可以分為以下幾類使用情況：1. 秘密，例如：朋友以前曾經是黑社會頭目；2. 真正的感覺，例如：女朋友做的飯菜不好吃；3. 傷人的話，例如：說某人的弱點去攻擊某人。

163 口を酸っぱくして言う

くちをすっぱくしていう

kuchi o suppaku shite iu

直譯：一直重複地說。

比喻：不斷地勸導或囑咐。

廣東話 講到口都乾

gong² dou³ hau² dou¹ gon¹

普通話 說得口乾舌燥

shuō de kǒu gān shé zào

例 句

お母さんは息子にお金を貯めて家を買い結婚しろと、口を酸っぱくして言っていた。

媽媽講到口都乾，勸個仔儲錢買樓結婚。

媽媽說得口乾舌燥，勸兒子存錢買房子結婚。

解 說

「口を酸っぱくして言う」的「口を酸っぱくして」指「重複」。因為不斷說話，連吞口水的時間都沒有，所以口水在嘴裏面太久便令人覺得酸。這句話通常是在長輩、上司、同輩勸導或囑咐後輩、下屬、同輩時使用。

164

背筋が凍る

せすじがこおる

sesuji ga kōru

直譯：脊背凍結。

比喻：嚇得連脊背都凍結。

廣東話 **嚇到飆冷汗**

haak[3] dou[3] biu[1] laang[5] hon[6]

普通話 **嚇得後背發涼**

xià de hòu bèi fā liáng

例 句

あの映画をホラー映画を見ていると背筋が凍るが、それでも続けて見たい。

睇嗰齣恐怖片，雖然嚇到我飆冷汗，但係想繼續睇。

看那部驚悚片，雖然嚇得我後背發涼，但是想繼續看。

解 説

「背筋が凍る」的「背筋」指「脊背」，「凍」指「结冰」。雖然這個詞在辭典裏沒有，但是在生活中常常用這個詞來比喻「極之恐懼」或「噁心」。在辭典裏找到類似的詞是「背筋が寒くなる」，因為「寒」指「冷」，所以在形容恐懼的程度上比較低，相對較少人使用。

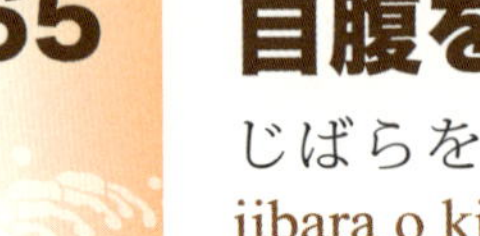

165 自腹を切る

じばらをきる

jibara o kiru

直譯：切開自己的腹部。

比喻：在特殊情況下，要自己拿錢出來。

廣東話 **自己拎荷包**

zi[6] gei[2] ngam[4] ho[4] baau[1]

普通話 **自掏腰包**

zì tāo yāo bāo

例 句

ボスがいつも自腹を切って昼ごはんをご馳走してくれるから、私たちもがんばって仕事する。

老細成日自己拎荷包畀錢請我哋食 lunch，所以我哋都畀心機做嘢。

老闆常常自掏腰包請我們吃午飯，所以我們都用心工作。

解 說

「自腹を切る」源於日本古時武士犯了嚴重錯誤後，必須自己負責，所以用日本刀切腹自殺。古代的男人將錢包放在懷中，負責自己付款的時候要將錢從懷中拿出來。日語「懐」指「腹」，所以「自腹を切る」引申在特殊情況下，要自己拿錢出來。使用情況包括：1. 甘心樂意，例如：老師自己拿錢買禮物送給學生；2. 無可奈何，例如：打破同事的杯子，自己拿錢出來買一個新的；3. 事先聲明，例如：公司所舉辦活動的費用由公司支付，不用自己支付。

166 手取り足取り

てとりあしとり

te tori ashi tori

直譯：手把手、手把腳。

比喻：親身教導。

廣東話 **落手落腳教**

lok6 sau2 lok6 goek3 gaau3

普通話 **手把手地教**

shǒu bǎ shǒu de jiāo

例　句

彼女は自ら手取り足取り子供たちにケーキの作り方を教えた。

佢落手落腳教小朋友點整蛋糕。

她手把手地教小朋友學做蛋糕。

解　説

「手取り足取り」的「手取」指「手把手」，「足取」指「手把腳」。從教導的效果來看，直接把着學生手腳來教基本的動作及技巧比單純口頭上的教導更好，例如：老師教學生執筆寫字、教練教隊員怎樣握球棒、芭蕾舞老師教學員舉手投足的動作。

167 下手の横好き

へたのよこずき

heta no yokozuki

直譯：雖然不擅長卻喜歡做。

比喻：做不好，只是有興趣。

廣東話 唔叻淨係鍾意啫

m4 lek1 zing6 hai6 zung1 ji3 ze1

普通話 不擅長只是熱愛

bù shàn cháng zhǐ shì rè ài

例　句

私はダンスはうまくなくて、ただ下手の横好きなだけです。

我跳舞唔叻，淨係鍾意跳啫。

我不擅長跳舞，只是熱愛吧。

解　説

「下手の横好き」的「下手」指「不擅長」，「横」指「不合理」，「好」指「喜愛」。這句話不可以對別人説因為非常無禮，只可以用來取笑自己或家人。當傳統的日本人受到別人讚賞時，若覺得不好意思、不知如何回應，便會用這句話來作答。

168 食指が動く

しょくしがうごく

shokushi ga ugoku

直譯：食指動了。

比喻：看見美食便食慾大開。

廣東話 流晒口水

lau4 saai3 hau2 seoi2

普通話 食指大動

shí zhǐ dà dòng

例句

こんなにおいしそうな物をたくさん見たら、思わず食指が動くね。

睇見咁多好嘢食，令我流晒口水。

看見這麼多美食，令我食指大動。

解說

「食指が動く」來自中國《左傳》「食指大動」。日本借用後，「食指が動く」有兩個意思：1. 看見美食，產生食慾；2. 對某事有慾望或興趣，例如：看見新款手機產生購買的慾望。現代日文稱第二隻手指為「人差し指」，但是借用中國成語仍然保留「食指」的用法。

169 指切りげんまん

ゆびきりげんまん

yubi kiri genman

直譯：手指勾在一起。

比喻：雙方將手指勾在一起互相約定。

廣東話 勾手指尾

ngau^{1} sau^{2} zi^{2} mei^{1}

普通話 拉勾

lā gōu

例　句

私たち指切りげんまんをしたから、約束を破っちゃだめよ。

我哋勾咗手指尾，你就唔可以反悔㗎！

我們拉勾了，你就不能反悔啊！

170 足を向けて寝られない

あしをむけてねられない

ashi o mukete nerarenai

直譯：不能將腳向着別人睡。

比喻：懷着萬分感激。

廣東話 **非常感激**

fei[1] soeng[4] gam[2] gik[1]

普通話 **萬分感激**

wàn fēn gǎn jī

例 句

私は母を助けてくれたお医者さんに足を向けて寝られない。

我非常感激醫生救咗我媽媽。

我萬分感激醫生救了我媽媽。

解 説

「足を向けて寝られない」的「足」指「腳」，「向」指「向着」，「寝られない」指「不能睡」。因為在日本如果睡覺時把腳朝着對方是很不禮貌的，所以對尊敬的人一定不能這樣做。這句話用來表示對尊敬的人非常感激。

171 心を躍らせる

こころをおどらせる

kokoro o odoraseru

直譯：心砰砰跳。

比喻：十分興奮。

廣東話 開心到飛起

hoi[1] sam[1] dou[3] fei[1] hei[2]

普通話 開心到跳起來

kāi xīn dào tiào qi lai

例 句

誕生日にプレゼントを受け取ることを考えただけで、心を躍らせた。

我一諗起生日會收到禮物就開心到飛起。

我一想到生日會收到禮物就開心到跳起來。

172 心を寄せる

こころをよせる

kokoro o yoseru

直譯：心靠近。

比喻：對某人有好感。

廣東話 有好感

jau^5 hou^2 gam^2

普通話 有好感

yǒu hǎo gǎn

例句

私はずっと彼女に心を寄せていて、友達になりたかった。

我一直對佢有好感，想同佢做朋友。

我一直對她有好感，想跟她做朋友。

173 夢見心地

ゆめみごこち

yumemi gokochi

直譯：夢見的感覺。

比喻：好像做夢的感覺。

廣東話 好似發緊夢噉

hou^{2} ci^{5} faat^{3} gan^{2} mung^{6} gam^{2}

普通話 像做夢一樣

xiàng zuò mèng yī yàng

例句

憧れのスターが私と一緒に写真を撮ってくれ、私は夢見心地だった。

偶像肯同我一齊影相，我覺得好似發緊夢噉。

偶像願意跟我一起拍照片，感覺像做夢一樣。

解說

「夢見心地」的「夢見」指「做夢」，「心地」指「感覺」。使用的情況包括：1. 聽到或看到就得到心靈上的滋潤，例如：聽着優美的音樂；2. 親身經歷非常美好的事情得到夢寐以求的滿足，例如：上台領獎；3. 身體得到放鬆的狀態，例如：按摩的時候。

「夢見心地」的由來可以追溯到平安時代《喜孝集》中出現的「夢心地」。後來演變成「夢見心地」，用來比喻因為有美好的感覺，令人懷疑自己是否在做夢。

174 皮肉

ひにく

hiniku

直譯：皮膚和肌肉。

比喻：挖苦別人。

寸人

cyun³ jan⁴

挖苦別人

wā ku bié rén

例句

彼は皮肉を言うのが好きだ。

佢最鍾意寸人。

他最喜歡挖苦別人。

175 尻に敷く

しりにしく

shiri ni shiku

直譯：用屁股騎在他人頭上。

比喻：老婆管制老公。

廣東話 **老婆管住晒**

lou5 po4 gun2 zyu6 saai3

普通話 **妻管嚴**

qī guǎn yán

例　句

彼は奥さんの尻に敷かれているので、給料はすべて奥さんに渡している。

因為佢老婆管住晒，所以成份人工都畀晒老婆喇。

他是個妻管嚴，所以工資全都給老婆了。

解　説

「尻に敷く」的「尻」指「屁股」，「敷」指「放坐墊」。這句話用來比喻妻子把丈夫當坐墊，坐在上面掌權。其實在日本社會，有不少男人把薪酬全部交給太太。除了這樣的丈夫用這句話來自嘲，該表達還常見於以下兩種情境：1. 放工後説要回家，同事們取笑他；2. 媽媽罵兒子怕老婆。

176 絶体絶命

ぜったいぜつめい

zettai zetsumei

直譯：身體或生命到了盡頭。

比喻：被逼到無路可逃的困境。

廣東話 死梗喇

sei² gang² laa³

普通話 死定了

sǐ dìng le

例句

私は銀行にお金が返せない。今回は絶体絶命のピンチだ。

我冇錢還畀銀行，呢次死梗喇。

我沒有錢還給銀行，這次死定了。

8
時間篇

177 語文遊戲

按照日文，填上中文對照空白處。

日文

光陰矢の如し

こういんやのごとし

kōin ya no gotoshi

中文

光陰（　）（　）

答案是**「光陰似箭」**：(廣) gwong^{1} jam^{1} ci^{5} zin^{3}，

(普) guāng yīn sì jiàn。

解說：來自中國宋朝《京本通俗小說》「光陰似箭」。用「飛箭」來比喻時間迅速消逝。

178 語文遊戲

按照中文，選擇正確日文填入空白處。

中文

鐵杵磨成針

廣：tit^{3} cyu^{5} mo^{4} sing^{4} zam^{1}

普：tiě chǔ mó chéng zhēn

日文

石の上にも（　）

（　）是：1. 三年 2. 五年 3. 十年

答案是 1**「石の上にも三年」**：いしのうえにもさんねん，

ishi no ue nimo san nen。

解說：用「石頭上三年」來比喻只要有恆心，一定會成功。

179 思い立ったが吉日

おもいたったがきちじつ

omoi tatta ga kichijitsu

直譯：想起那天就是吉日。

比喻：想做就馬上去做。

廣東話 擇日不如撞日

zaak6 jat2 bat1 jyu4 zong6 jat2

普通話 擇日不如撞日

zé rì bù rú zhuàng rì

例 句

思い立ったが吉日だから、今日早速一緒に展覧会に行こう。

擇日不如撞日，不如今日一齊去展覽會啦！

擇日不如撞日，不如今天一起去展覽會吧！

180 御年玉

おとしだま

otoshidama

直譯：新年給孩子的硬幣。

比喻：新年給孩子壓歲錢。

廣東話 利是

lai6 si6

普通話 紅包

hóng bāo

例　句

新年に子供たちは御年玉をもらって喜んだ。

新年小朋友逗利是好開心。

新年小朋友收到紅包很高興。

解　説

日本傳統新年是農曆正月。最早用圓形年糕拜祭神明後與家人共享，後來用年糕送給親友作為新年禮物。昭和時代開始用金錢作為壓歲錢，稱為「御年玉」。明治維新時代開始改用西曆，一月一號才是新年。雖然日期改了，但是日本人繼續給年幼的親友「御年玉」。日本與中國給壓歲錢的不同之處是：1. 有能力賺錢的成年人可以給弟妹壓歲錢；2. 家長不會把壓歲錢給已經成年但未結婚的子女。

181 朝飯前

あさめしまえ

asa meshi mae

直譯：吃早飯之前。

比喻：很容易做到的事情。

濕濕碎

sap[1] sap[1] seoi[3]

小菜一碟

xiǎo cài yī dié

例　句

君にとっては中国語を日本語に翻訳するのは朝飯前だろう。

你將中文翻譯成日文，濕濕碎啦。

你將中文翻譯成日文，小菜一碟啦。

解　説

江戶時代的日本人一天只吃兩餐，在早餐前沒力氣，所以只能做很簡單的事情。

現代日本人一天三餐有不同的說法：

	說法 1	說法 2	說法 3
早餐	朝飯	朝御飯	朝食
午餐	昼飯	昼御飯	昼食
晚餐	夕飯	晚御飯	夕食

182 五月病

ごがつびょう

gogatsu byō

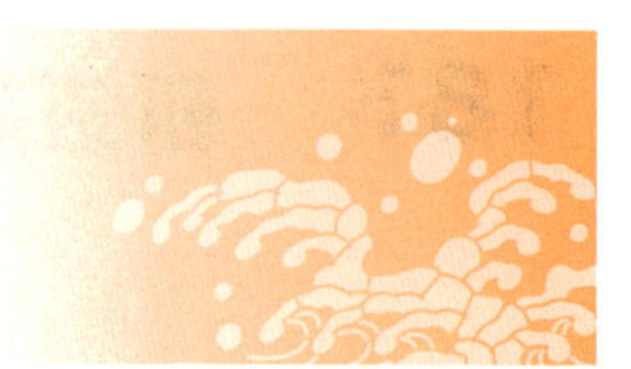

直譯：五月患上的憂鬱症。

比喻：入學憂鬱症 / 職場憂鬱症。

廣東話 **入學憂鬱症 / 職場憂鬱症**

jap[6] hok[6] jau[1] wat[1] zing[3] / zik[1] coeng[4] jau[1] wat[1] zing[3]

普通話 **入學憂鬱症 / 職場憂鬱症**

rù xué yōu yù zhèng / zhí chǎng yōu yù zhèng

例 句

彼女は四月に大学入学後、五月になってもまだ緊張している。もしかしたら五月病になったのかもしれない。

佢四月讀大學，到咗五月仲係好緊張。可能患上入學憂鬱症喎！

她四月讀大學，到了五月仍然很緊張。可能患上入學憂鬱症了！

解 説

日本每年四月開始新學年及新工作，到了五月份有些「不適應新環境」的人身心出現問題，日本人稱之為「五月病」。中國也有這種現象，越來越多中國人開始認識「五月病」這句慣用語。

183 夜逃げ

よにげ

yonige

直譯：晚上潛逃。

比喻：因種種原因要晚上離家出走避難。

廣東話 **夜晚走佬**

je6 maan5 zau2 lou2

普通話 **晚上跑路**

wǎn shàng pǎo lù

例 句

彼の家は中に何もない。きっと昨晩夜逃げしたんだろう。

佢屋企裏面咩都冇，一定係琴日夜晚走佬喇。

他家裏甚麼東西都沒有，一定是昨天晚上跑路了。

解 説

「夜逃げ」指在日本社會中有人晚上離家出走的現象，原因包括：棄保潛逃、有人追殺、躲避債務問題等。因為這種現象越來越多，所以出現了「夜逃げ屋」（夜逃屋），可以為顧客提供晚上快速搬家的服務。

184

幼馴染

おさななじみ

osana najimi

直譯：幼年熟悉。

比喻：兒時的玩伴。

廣東話 細個一齊玩嘅朋友

sai3 go3 jat1 cai4 waan2 ge3 pang4 jau5

普通話 髮小

fà xiǎo

例　句

陳さんと李君は幼馴染だ。

陳小姐和李先生係細個一齊玩嘅朋友。

陳小姐和李先生是髮小。

解　説

「幼馴染」的「幼」指幼年，「馴染」指熟悉，指兒童時代同性及異性的玩伴。很多日本的小説、漫畫、動漫都以兒時一起長大，後來發展成伴侶作為主題。香港亦有歌手推出過以「幼馴染」為名的流行歌。

185

一夜漬け

いちやづけ

ichiya zuke

直譯：醃漬一夜的泡菜。

比喻：要通宵完成。

廣東話 **臨急抱佛腳**

lam[4] gap[1] pou[5] fat[6] goek[3]

普通話 **臨時抱佛腳**

lín shí bào fó jiǎo

例　句

試験前に一夜漬けするのはよい方法ではない。

考試前臨急抱佛腳唔係一個好方法。

考試前臨時抱佛腳不是一個好方法。

解　說

「一夜漬け」本來的意思是：醃漬一夜的泡菜或者海鮮，例如：醃青瓜、醃烏魚子。這句話比喻為了及時完成而匆忙準備了一夜的學習或工作。

中文只借用「一夜漬け」本來的意思，改寫為「一夜漬」，「要通宵完成」的引申義則沒有借用。

186 一期一会

いちごいちえ

ichi go ichi e

直譯：一生只有一次相會。

比喻：珍惜與他人相聚。

廣東話 一生一次嘅聚會

jat[1] sang[1] jat[1] ci[3] ge[3] zeoi[6] wui[6]

普通話 一生一次的聚會

yī shēng yī cì de jù huì

例　句

私たちは一期一会を大切にしなければいけない。

我哋要珍惜每一個一生一次嘅聚會。

我們要珍惜每一個一生一次的聚會。

解　説

「一期一会」源自戰國時代的佛教用語。「一期」指人從出生到死亡的時間，「一会」是相聚。在茶道中，它用來指每次茶會都應當作一生一次的盛會，主客雙方都應珍惜唯一一次的邂逅。不少中國人借用這個詞來提醒大家珍惜與他人相聚的時間。

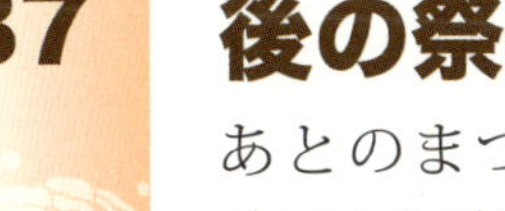

187 後の祭り

あとのまつり

ato no matsuri

直譯：祭祀之後。

比喻：後悔已經來不及了。

太遲

taai^{3} ci^{4}

太遲

tài chí

例句

昨日が申し込み締め切りだったのに今日になって提出しても、もう後の祭りだよ。

琴日係最後一日交報名表，你今日先至交太遲嘞。

昨天是最後一天交報名表，你今天才交太遲了。

解説

「後の祭り」的語源有兩種説法：1. 慶祝祭典的花車遊行結束後才去到現場；2. 他人離世後才在喪禮上感到惋惜。

188 今を生きる

いまをいきる

ima o ikiru

直譯：把握今天。

比喻：用心感受當下的人事物。

廣東話　活在當下

wut[6] zoi[6] dong[1] haa[6]

普通話　活在當下

huó zài dāng xià

例　句

明日のことなんて心配してもしょうがない。今を生きるんだ。

唔使擔心聽日嘅嘢，活在當下最緊要。

不用擔心明天的事，活在當下最重要。

解　說

「今を生きる」來自1989年的美國電影《暴雨驕陽》(*Dead Poets Society*)中老師對學生說的名言：「Carpe diem. Seize the day, boys」。Carpe diem是拉丁文，Seize the day是英文翻譯，日文翻譯成「今を生きる」(活在當下)。這句話已經成為日本人的座右銘。

189 昔取った杵柄

むかしとったきねづか

mukashi totta kinezuka

直譯：以前用過的舂年糕的木槌。

比喻：以前學會的技能，到現在仍然沒有忘記。

寶刀未老

bou² dou¹ mei⁶ lou⁵

寶刀未老

bǎo dāo wèi lǎo

例句

祖父は昔水泳の選手だった。昔取った杵柄で今でも泳ぐのが私より早い。

阿爺以前係游泳選手，而家寶刀未老，游得快過我。

爺爺以前是游泳選手，現在寶刀未老，游得比我快。

解說

「杵」是一種木製工具。以前日本人新年的時候都用木槌舂年糕。「昔取った杵柄」比喻即使過了很多年，以前學會的技能仍然能夠運用上。

190 明けない夜はない

あけないよるはない

akenai yoru wa nai

直譯：沒有不會結束的夜晚。

比喻：壞事會結束，好事會來臨。

廣東話 壞事會結束，好事會發生

waai6 si6 wui5 git3 cuk1, hou2 si6 wui5 faat3 sang1

普通話 壞事會結束，好事會發生

huài shì huì jié shù, hǎo shì huì fā shēng

例句

楽観的な人は明けない夜はないと信じているから、どんな困難も解決しよう力がある。

樂觀嘅人相信壞事會結束，好事會發生，所以有動力解決困難。

樂觀的人相信壞事會結束，好事會發生，所以有動力解決困難。

解說

莎士比亞（William Shakespeare）1623年的名劇《馬克白》（Macbeth）：「The night is long that never finds the day」（沒有不會黎明的黑夜）。日文翻譯成「明けない夜はない」，用來勉勵自己及他人用樂觀的心態去面對困難及失敗。

191 暑さ寒さも彼岸まで

あつさ さむさ も ひがん まで

atsusa samusa mo higan made

直譯：熱到秋分，冷到春分。

比喻：夏季的炎熱會持續到秋分，之後天氣轉涼；而冬季的寒冷會持續到春分，之後天氣回暖。

廣東話 **熱到秋分，冷到春分**

jit[6] dou[3] cau[1] fan[1], laang[5] dou[3] ceon[1] fan[1]

普通話 **熱到秋分，冷到春分**

rè dào qiū fēn, lěng dào chūn fēn

例　句

「暑さ寒さも彼岸まで」とは言うものの、香港の一年で寒い時はますます少なくなっている。

雖然話「熱到秋分，冷到春分」，但係香港一年四季凍嘅時間越來越少。

雖然說「熱到秋分，冷到春分」，但是香港一年四季寒冷的日子越來越少。

解　説

中國和日本雖然現代用西曆，但是仍然保留一些有關農曆的慣用語。日文「暑さ寒さも彼岸まで」指「熱到秋分，冷到春分」。跟中國的「未食五月粽，寒衣未入櫳」相似。

中國和日本以前描述四季的慣用語仍然具有參考價值，但是現代的氣温已經有明顯的變化。近年日本有些櫻花提早開放，香港 2024 年寒冷天氣日數只有 11 天，而 2023 年有 14 天。

192 昨日の敵は今日の友

きのうのてきはきょうのとも

kinō no teki wa kyō no tomo

直譯：昨天的敵人是今天的朋友。

比喻：人的思想和命運多變。

廣東話 琴日嘅敵人係今日嘅朋友

kam4 jat6 ge3 dik6 jan4 hai6 gam1 jat6 ge3 pang4 jau5

普通話 昨天的敵人是今天的朋友

zuó tiān de dí rén shì jīn tiān de péng you

例句

昨日の敵は今日の友だ。私たちはライバル会社と一緒に外国企業に立ち向かわなければならない。

琴日嘅敵人係今日嘅朋友。我哋而家同競爭對手聯手對抗外國公司。

昨天的敵人是今天的朋友。我們現在和競爭對手聯手對抗外國公司。

解說

「昨日の敵は今日の友」指昨天是敵人，今天因為形勢的改變，最好的應變方法就是成為盟友。

日本有一句相關的慣用語是：「昨日の自分を超える」（超越昨日的自己）。中國梁啟超說：「不惜以今日之我，難昨日之我」。近年中文出現「今天的我打倒昨天的我」的說法。

193 ここで会ったが百年目

ここであったがひゃくねんめ

koko de atta ga hyaku nen me

直譯：一百年後終於碰上你。

比喻：被追尋的人避無可避。

廣東話 冤家路窄

jyun[1] gaa[1] lou[6] zaak[3]

普通話 冤家路窄

yuān jiā lù zhǎi

例　句

ここで会ったが百年目だ。会えたからには、お金をすぐ返してもらおうか。

真係冤家路窄，喺呢度撞到你，即刻還錢。

真是冤家路窄，在這被我碰上你，立刻還債。

解　説

「ここで会ったが百年目」通常出現在戲劇裏，所以用很誇張的手法來形容「對方避無可避」。日本人如果突然間在路上碰到相約多次都約不到的朋友，就會用這句話來開玩笑。

在中國的戲劇中，普通話會説：「今天真是冤家路窄！看你逃哪裏去？」廣東話會説：「今日真係冤家路窄！睇你匿得去邊？」

194 終わり良ければ総て良し

おわりよければすべてよし

owari yokereba subete yoshi

直譯：如果結尾是好的話，全部都好。

比喻：過程不重要，最後結果好最重要。

廣東話 大團圓結局最緊要

daai6 tyun4 jyun4 git3 guk6 zeoi3 gan2 yiu3

普通話 結局好，一切都好

jié jú hǎo, yī qiè dōu hǎo.

例句

たとえ途中どんなに大変だったとしても、終わり良ければ総て良しなんだ。

無論過程幾辛苦都唔緊要，因為大團圓結局最緊要。

無論過程多辛苦都沒有關係，因為結局好，一切都好。

解說

「終わり良ければ総て良し」來自莎士比亞的戲劇 *All's Well That Ends Well*，這也是生活中經常用到的一句話。這句話使用的情況包括：1. 比賽；2. 讀書；3. 工作；4. 人生。

9
物料篇

195 語文遊戲

按照日文，填上中文對照空白處。

日文

目で物を言う

めでものをいう

me de mono o iu

中文

眉目（　）（　）

答案是**「眉目傳情」**：（廣）mei[4] muk[6] cyun[4] cing[4]，

（普）méi mù chuán qíng。

解説：以「用眼睛説話」來比喻用眼色傳遞信息。

196 語文遊戲

按照中文，選擇正確日文填入空白處。

中文

佩服

廣：pui[3] fuk[6]

普：pèi fu

日文

脱（　）

（　）是：1. 毛 2. 帽 3. 靴

答案是 2**「脱帽」**：だつぼう，datsubō。

解説：用「摘帽子」來比喻佩服。

197 色眼鏡をかける

いろめがねをかける

iro megane o kakeru

直譯：戴有色眼鏡。

比喻：對人有偏見。

廣東話 戴有色眼鏡

daai3 jau5 sik1 ngaan5 geng2

普通話 戴有色眼鏡

dài yǒu sè yǎn jìng

例 句

彼はもうまともになったんだ。色眼鏡をかけて彼を見てはだめだよ。

佢已經改邪歸正。大家唔好戴有色眼鏡睇佢。

他已經改邪歸正。大家不要戴有色眼鏡看他。

198 眉唾物

まゆつばもの
mayu tsuba mono

直譯：在眉毛抹上唾液。

比喻：不可隨便相信別人。

廣東話 唔好亂信
m^4 hou^2 $lyun^6$ $seon^3$

普通話 不可輕信
bù kě qīng xìn

例 句

あのセールスマンの言っていることは眉唾物だよ！

嗰個 sales 講嘅嘢，你唔好亂信呀！

那個推銷員說的話，你不可輕信啊！。

解 說

傳說日本古代的狐狸數出某人眉毛的數量後便可以欺騙他。為了避免被狐狸欺騙，日本人將唾液抹在眉毛上，狐狸就無法數出眉毛的數量。江戶時代已經使用「眉唾物」來比喻不可輕信他人。

現代社會常用這句話警示人們應提高警惕，謹防以下常見騙局，例如：1. 陌生人的搭訕；2. 誇大宣傳的廣告；3. 詐騙電話；4. 小道消息；5. 網絡資訊。

199 豚に真珠

ぶたにしんじゅ

buta ni shinju

直譯：給豬珍珠。

比喻：把貴重的東西給不知道其價值的人，真是浪費。

廣東話 嘥晒

saai[1] saai[3]

普通話 浪費

làng fèi

例句

最新のコンピュータを買ってあげたのに彼は使い方がわからない。まさに豚に真珠だ。

買咗最新款嘅電腦畀佢都唔識用，真係嘥晒。

買了最新款的電腦給他都不會用，真是浪費。

解說

基督教傳入日本後，《聖經》被翻譯成日文。《新約聖經・馬太福音》第七章第六節：「不要把你們的珍珠丟在豬前，恐怕牠踐踏了珍珠，轉過來咬你們」，日譯中表述為「豚に真珠」。這句話很快成為流行語，大家都用來比喻把貴重的東西給那些不知道其價值的人，真是浪費。

與之相似，「猫に小判」指將金幣送給貓，牠完全不會明白金幣的價值，所以也比喻對牛彈琴式的浪費。

200 給料泥棒

きゅうりょうどろぼう

kyūryō dorobō

直譯：薪水小偷。

比喻：沒做事卻可以領薪酬的混蛋。

廣東話　薪水小偷

san[1] seoi[2] siu[2] tau[1]

普通話　薪水小偷

xīn shuǐ xiǎo tōu

例　句

彼は社長の弟で会社では私用なことしかしない。まさに給料泥棒だね。

佢係老細嘅細佬，喺公司做自己嘢，係個薪水小偷。

他是老闆的弟弟，在公司處理私事，是個薪水小偷。

解　說

「給料泥棒」的「給料」指薪水，「泥棒」指小偷。比喻一個員工在上班時間偷懶或者處理私事，卻拿到薪酬。香港和中國內地將該詞譯為「薪水小偷」，經傳媒廣泛使用後，越來越多人認識這個詞。

201 お墨付き

おすみつき

osumi tsuki

直譯：有附加簽名。

比喻：得到權威認可／批准。

廣東話 **得到認證／批准**

dak[1] dou[2] jing[6] zing[3] / pai[1] zeon[2]

普通話 **得到認證／批准**

dé dào rèn zhèng / pī zhǔn

例句

この新しい食品は政府のお墨付きをもらっているので、みなさん安心して食べてください。

呢種新食品得到政府認證，大家放心食啦。

這種新食品得到政府認證，大家放心吃吧。

解說

從室町到江戶時代，幕府將軍或封建領主賞賜臣民土地時，在文件上的印章／簽名稱為「お墨付き」。到了現代，這句話用來比喻得到權威人士的認可或批准。使用的範圍包括：1. 商品得到專家或權威組織認可；2. 專案得到政府認可；3. 在公共地方聚集得到警方批准；4. 身體健康情況得到醫生批准；5. 行使法律權利得到律師確認。

202 器用貧乏

きようびんぼう

kiyō binbō

直譯：能力不錯，卻不夠專業。

比喻：懂得的東西不少，可是沒有一門擅長。

廣東話 周身刀冇張利

zau¹ san¹ dou¹ mou⁵ zoeng¹ lei⁶

普通話 博而不精

bó ér bù jīng

例句

彼はどんな楽器でもこなせる人だが、器用貧乏だ。

佢乜嘢樂器都識，但係周身刀冇張利。

他甚麼樂器都懂，但是博而不精。

解說

中文和日文的「器用」都指「才幹」，而「貧乏」都指「缺乏」。日文「器用貧乏」指有能力做好大多數的事情，但是因為缺乏耐性，無法全身心投入任何一件事情，所以都半途而廢，最後沒有一件事情做得出色。

203 猫も杓子も

ねこもしゃくしも

neko mo shakushi mo

直譯：不管是貓還是勺子。

比喻：無論誰人。

廣東話 **無論邊個**

mou^{4} leon^{6} bin^{1} go^{3}

普通話 **無論是誰**

wú lùn shì shéi

例句

猫も杓子も冬になると日本に行って温泉に浸かるのが好きだ。

無論邊個冬天都鍾意去日本浸溫泉。

無論是誰冬天都喜歡去日本泡溫泉。

解說

貓和勺子都是日本人生活中常看到的。日本人觀察到貓舉起來的手像勺子，所以便創造出「猫も杓子も」來比喻「無論是誰」。其實這種誇張的說法是用來形容生活中看到：1. 很多人喜歡做的事，例如：無論誰人都喜歡吃美食；2. 一些集體跟風的現象，例如：今年流行服裝的款式，無論是誰都愛穿。

204 歯に衣着せず

はにきぬきせず

ha ni kinu kisezu

直譯：牙齒不會穿衣服掩飾。

比喻：毫無避諱地將心裏的話説出來。

廣東話 直腸直肚

zik[6] coeng[4] zik[6] tou[5]

普通話 有話直説

yǒu huà zhí shuō

例　句

彼女は歯に衣着せずに言うので、いろんな人の怒りを買っている。

因為佢直腸直肚，所以得罪好多人。

因為她有話直説，所以得罪很多人。

解　説

日本人觀察到，沒有牙齒的人説話不清楚，而衣服能遮蔽身體，便創造出新詞「歯に衣着せず」。這句話用來比喻「坦率地説出心底裏的話」。可以用來讚賞別人坦誠直率，也可以用來批評他人口無遮攔。

205 横槍を入れる

よこやりをいれる

yoko yari o ireru

直譯：用矛從旁插進來。

比喻：第三者從旁插嘴。

廣東話 **插嘴**

caap3 zeoi2

普通話 **插嘴**

chā zuǐ

例句

隣の席の同僚と討論をしている時、別の同僚が横槍を入れた。

我同坐喺隔籬個同事討論嗰陣時，另一個同事插嘴。

我跟坐在隔壁的同事討論的時候，另一個同事插嘴。

解說

「横槍を入れる」來自以前兩軍混戰時，軍隊從側面用長矛攻擊敵方。比喻第三者突然插嘴干擾正在談話的人。

通常用於以下情境：1. 家人對話時，另一個家庭成員插嘴；2. 兩個朋友對話時，另一個朋友插嘴；3. 開會時有人發言干擾正在報告的人。

206 玉の輿に乗る

たまのこしにのる

tama no koshi ni noru

直譯：坐玉轎。

比喻：嫁入豪門。

廣東話 釣金龜婿

diu[3] gam[1] gwai[1] sai[3]

普通話 釣金龜婿

diào jīn guī xù

例句

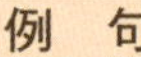

彼女がお見合いパーティに参加するのは、玉の輿に乗りたいからだ。

佢參加聯誼會係想釣金龜婿。

她參加聯誼會是想釣金龜婿。

解說

「玉の輿に乗る」的「玉の輿」指「玉轎」，「乗」指「坐」。很多人將這句話的「に乗る」省略，簡稱「玉の輿」，用來比喻平凡的女人成為地位高的人或財主的妻子。

這句話源自江戶時代，一個蔬果商人的女兒嫁給德川家族幕府將軍。最初為妃子，後來晉升為將軍的生母，獲封當時女性地位中級別最高的一品夫人。到了現代日本人仍沿用此語，因為這是不少女人的夢想。

不止日本，全世界很多女人都有「嫁個有錢人」的夢想。西方有「灰姑娘」的童話典故，中文則有「嫁入豪門」「釣金龜婿」「飛上枝頭變鳳凰」等說法。

至於一個平凡的男人娶了千金小姐後，變成為社會地位很高的人，日文則是「逆玉の輿に乗る」，通常使用簡稱「逆玉」。

207 怖いもの見たさ

こわいものみたさ

kowai mono mitasa

直譯：越害怕越想看。

比喻：為了尋刺激，越害怕越想看。

廣東話 **越驚越想睇**

jyut^{6} geng^{1} jyut^{6} soeng^{2} tai^{2}

普通話 **越害怕越想看**

yuè hài pà yuè xiǎng kàn

例句

ホラー映画を見るのは怖いが、怖いもの見たさで見てしまう。

雖然我睇恐怖片嗰陣好驚，但係越驚越想睇。

雖然我看恐怖片時很害怕，但是越害怕越想看。

解說

在日本傳統文化中，有大量以鬼怪為題材的作品。其中最有名的是《四谷怪談》。人們一面很害怕，一面又喜歡聽這些怪異故事。日本人從小就有機會參加「肝試し大会」(測試膽量大會)。過去，「肝試し大会」常於夏天在寺廟墳墓舉行，參加者需在夜間穿行指定區域，途中會遇到裝扮成妖怪的人故意嚇人。

很多人對恐怖事物感到好奇，所以日語中用「怖いもの見たさ」(越害怕越想看)來形容這種心理。參觀「お化け屋敷」(鬼屋)成為小朋友甚至大人的夏季消暑活動。這些活動叫「納涼肝試し大会」，因為被鬼嚇到冒冷汗後，身體會隨冷汗蒸發而降溫，便令人覺得涼快。

208 弘法も筆の誤り

こうぼうもふでのあやまり

kōbō mo fude no ayamari

直譯：弘法大師寫錯字。

比喻：專家都會犯錯。

廣東話 老貓燒鬚

lou[5] maau[1] siu[1] sou[1]

普通話 老馬失蹄

lǎo mǎ shī tí

例句

あんなに著名なコレクターなのに偽の宝石を買ってしまうなんて、弘法も筆の誤りだな。

咁出名嘅收藏家都買咗豬耳繩，真係老貓燒鬚囉。

那麼有名的收藏家都買了假首飾，真是老馬失蹄啊。

解說

平安時代的僧人弘法大師是書法家。有一次，他接到朝廷的命令，要他寫一塊牌匾，但是他寫錯了字。後人便用「弘法も筆の誤り」來比喻即使是專家都會犯錯。

中國《史記》：「智者千慮，必有一失」，說明即使是非常有智慧的人，對問題雖然深思熟慮，都難免會出錯。這句話與「弘法も筆の誤り」有異曲同工之妙。

209 重箱の隅をつつく

じゅうばこのすみをつつく

jūbako no sumi o tsutsuku

直譯：用牙簽戳飯盒裏剩下的食物。

比喻：對細節過分挑剔。

廣東話 奄尖

jim[1] zim[1]

普通話 挑剔

tiāo tì

例 句

祖母がいつも重箱の隅をつつくので、お手伝いさんが辞めてしまった。

阿嫲好奄尖，所以啲工人都辭職唔做嘞。

奶奶很挑剔，所以傭人們都辭職不幹了。

解 説

「重箱の隅をつつく」的字面意思是「用牙籤戳食飯盒四角殘留的食物」，用來比喻一個人喜歡挑毛病的態度，令人討厭。

210 臭い物に蓋をする

くさいものにふたをする

kusai mono ni futa o suru

直譯：有臭的東西就用蓋子蓋住。

比喻：隱瞞錯誤或失敗。

廣東話 **隱瞞醜聞**

jan² mun⁴ cau² man⁴

普通話 **隱瞞醜聞**

yǐn mán chǒu wén

例 句

彼はずっと臭い物に蓋をしてきたが、最近ゴシップ雑誌の記者に見つかってしまった。

佢一路隱瞞醜聞，最近畀八卦雜誌嘅記者發現咗。

他一直隱瞞醜聞，最近被八卦雜誌的記者發現了。

解 說

「臭い物に蓋をする」最早見於江戶時代的 Iroha Karuta（五十音紙牌）。現代用這句話來比喻以臨時的方式掩飾不當行為或失敗，保護自己。使用的範圍包括：1. 個人，例如：孩子向父母隱瞞自己考試不合格；2. 組織，例如：廠商向社會隱瞞產品有問題。

211 残り物には福がある

のこりものにはふくがある

nokori mono ni wa fuku ga aru

直譯：剩下的東西會有福氣。

比喻：最後剩餘的東西出乎意料的好。

廣東話 **寶物沉歸底**

bou² mat⁶ cam⁴ gwai¹ dai²

普通話 **好酒沉甕底**

hǎo jiǔ chén wèng dǐ

例句

会社の抽選会で私は最後にくじを引いたが、残り物には福がある。何と特賞が当たった。

喺公司聯歡會，雖然我最後先至抽獎，但係寶物沉歸底，我抽中大獎。

在公司聯歡會，雖然我最後才抽獎，但是好酒沉甕底，我抽中大獎。

解說

通常最好的東西都是先到先得，但是偶然會出現最後所剩餘的東西是最好的情況。江戶時代已經出現「余り物には福がある」和「余り茶には福がある」兩句話，意指茶罐中剩下的最後一片茶葉最好。現代日本人用「残り物には福がある」來指「寶物沉歸底」，可見這種現象不斷出現。

212 好きこそ物の上手なれ

すきこそもののじょうずなれ

suki koso mono no jōzu nare

直譯：喜歡甚麼就會學得好。

比喻：學習自己喜歡的事物，進步非常快。

廣東話 **鍾意就學得好**

zung[1] ji[3] zau[6] hok[6] dak[1] hou[2]

普通話 **喜歡就學得好**

xǐ huan jiù xué de hǎo

例　句

かれはサッカーの試合を見るのが好きだったので、好きこそ物の上手なれでサッカーが上達するのも早かった。

佢鍾意睇足球比賽，所以踢足球學得好。

他喜歡看足球賽，所以踢足球學得好。

解　説

「好きこそ物の上手なれ」是一種理想的學習模式：學生有興趣便會喜歡學，進步會非常快。看到自己的進步，便會更加用心學，精益求精。

這種學習模式可以分為兩種：1. 學生自發的，例如：喜歡唱歌而去學歌唱技巧學得好；2. 由他人引發的，例如：老師用寓教於樂的方法，讓學生享受學習的樂趣。

213 事実は小説よりも奇なり

じじつはしょうせつよりもきなり

jijitsu wa shōsetsu yori mo ki nari

直譯：事實比小說更離奇。

比喻：發生的事件離奇曲折，令人意想不到。

廣東話 **事實離奇過小說**

si[6] sat[6] lei[4] kei[4] gwo[3] siu[2] syut[3]

普通話 **事實比小說更離奇**

shì shí bǐ xiǎo shuō gèng lí qí

例句

彼は漫画の囲碁の少年名人より更に若く、優勝の数も多い。みんな事実は小説よりも奇なりだと思った。

佢比起漫畫中的圍棋少年高手仲後生啲，攞到嘅冠軍仲多。大家都覺得事實離奇過小說。

他比漫畫中的圍棋少年高手更年輕，拿到更多冠軍。大家都覺得事實比小說更離奇。

解說

英國詩人 George Gordon Byron 的名言「Truth is stranger than fiction」，指現實世界中的事實，比想像中虛構出來的小說更離奇曲折。

日本人翻譯成「事実は小説よりも奇なり」，用來比喻現實世界發生的真實事件比那些想像出來漫畫、動漫、小說、電影的情節更加離奇曲折，令人難以相信。

214 灯台下暗し

とうだいもとくらし

tōdai motokurashi

直譯：燈台下面一片漆黑。

比喻：遠在天邊，近在眼前。

廣東話 **就喺身邊**

zau[6] hai[2] san[1] bin[1]

普通話 **就在眼前**

jiù zài yǎn qián

例 句

私は秘書が務まる人をずっと探していたが見つからなかった。だが灯台下暗し、最も適した人がすぐそばにいた。

我搵嚟搵去都搵唔到人做秘書，原來最適合嘅人就喺身邊。

我找來找去都找不到人做秘書，原來最適合的人就在眼前。

解 説

日文「灯台」一般指燈塔，但是「灯台下暗し」中的「灯台」指古代的油燈。油燈能照亮周圍的地方，但是油燈下面由於燈具自身的遮擋而形成陰影區，反而比周圍的地方昏暗。這句話用來比喻要找的人、地方、東西，找來找去都找不到，最後發現遠在天邊，近在眼前。

215 袖振り合うも多生の縁

そでふりあうもたしょうのえん

sode furiau mo tashō no en

直譯：衣袖碰到衣袖是前生有緣。

比喻：能遇見就是緣分。

廣東話 真係有緣

zan1 hai6 jau5 jyun4

普通話 真有緣分

zhēn yǒu yuán fèn

例　句

ツアーでご一緒できたのも、袖振り合うも多生の縁と言いますから、ぜひよろしくお願いします。

喺旅行團識到你真係有緣，請多多指教。

在旅行團認識你真有緣分，請多多指教。

解　説

明治時代歌舞伎的台詞裏已經出現「袖振り合うも多生の縁」。「多生」是佛教用語，指「前生」。「多生」也可以寫作「他生」。「袖」指和服又闊又大的衣袖。現代這句話的常用情形，是初次見面時作為向對方表示希望互相認識的開場白，例如：參加旅行團時，跟剛認識的團友説的開場白。中文「有緣千里來相會」與這句話相類似。

10 植物篇

216 語文遊戲

按照日文，填上中文對照空白處。

日文

破竹の勢い

はちくのいきおい

hachiku no ikioi

rokujū no tenarai

中文

(　　)如破(　　)

答案是**「勢如破竹」**：(廣) sai^3 jyu^4 po^3 zuk^1，

(普) shì rú pò zhú。

解說：來自中國《晉書》「今兵威已振，譬如破竹」，後來成為中國成語「勢如破竹」。日本借用後用來比喻進展順利。

217 語文遊戲

按照中文，選擇正確日文填入空白處。

中文

落 地 生 根

廣：lok^6 dei^6 saang^1 gan^1

普：luò dì shēng gēn

日文

(　　)を下ろす

(　　)是：1. 根 2. 足 3. 幕

答案是 1**「根を下ろす」**：ねをおろす，ne o orosu。

解說：用「扎根」來比喻到一個新的地方落地生根。

218 花金

はなきん

hana kin

直譯：很棒的星期五。

比喻：快樂星期五。

廣東話 **開心星期五**

hoi[1] sam[1] sing[1] kei[4] ng[5]

普通話 **快樂星期五**

kuài lè xīng qī wǔ

例句

花金だから退勤後思い切り遊べるぞ！

開心星期五放工之後，可以玩到癲。

快樂星期五下班後，可以玩到瘋。

解說

「花」指「很棒」，例如：老師在孩子的功課上面畫「花丸」表示「非常好」。「金」是「金曜日」（星期五）的簡稱。「花金」指快樂的星期五，因為上班族星期六、星期天休假，星期五下班後可以享樂。

近年日本人喜歡用「華金」代替「花金」，因為「華」與「花」同音，且「華金」比起「花金」更令人有豪華與盡情享樂的感覺。

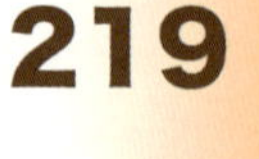

219 雨後の筍

うごのたけのこ

ugo no takenoko

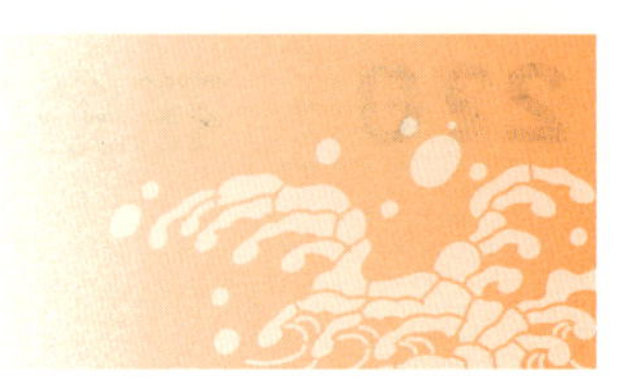

直譯：下雨後的筍子。

比喻：事物在某一時期大量湧現，迅速發展。

廣東話 **越嚟越多**

jyut6 lai4 jyut6 do1

普通話 **越來越多**

yuè lái yuè duō

例句

オンラインショップが雨後の筍にように増えて、現代人の消費パターンを変えてしまった。

網購店越嚟越多，改變咗現代人嘅消費模式。

網購店越來越多，改變了現代人的消費模式。

解說

「雨後の筍」的語源有兩個説法：1. 中國宋代詩人張耒《食筍》：「荒林春雨足，新筍迸龍雛。」；2. 宋代詩人趙蕃《過易簡彥從》：「雨後筍怒長，春雨陰暗成」。後來在中國發展成「雨後春筍」。日本借用後翻譯成「雨後の筍」，用來比喻很快流行的事物。使用的範圍包括：1. 專門店；2. 智能手機；3. 消費模式；4. 次文化等。

220

高嶺の花

たかねのはな

takane no hana

直譯：高山的花。

比喻：高不可攀的女人。

廣東話 高攀唔起嘅女人

gou[1] paan[1] m[4] hei[2] ge[3] neoi[5] jan[2]

普通話 高攀不起的女人

gāo pān bu qǐ de nǚ rén

例 句

我々の女性マネージャーは美しくて頭が切れ、私たちにとっては高嶺の花でした。

女經理又靚又叻。佢係我哋高攀唔起嘅女人。

女經理又漂亮又能幹。她是我們高攀不起的女人。

解 説

「高嶺の花」來自江戶時代的作品《春色辰巳園》。現代用這句話來比喻高攀不起的女人。後來引申出新的意思：1. 夢寐以求的高薪厚職；2. 很難擁有的高級住宅。

221 言葉の壁

ことばのかべ

kotoba no kabe

直譯：語言的牆壁。

比喻：語言不通，不能溝通。

廣東話 **雞同鴨講**

gai[1] tung[4] aap[3] gong[2]

普通話 **雞同鴨講**

jī tóng yā jiǎng

例句

言葉の壁を乗り越えるため、通訳の人を手配しました。

為咗避免你雞同鴨講，我哋安排咗人同你翻譯。

為了避免你雞同鴨講，我們安排了人幫你翻譯。

解說

「言葉の壁」的「言葉」指「語言」，「壁」指「牆壁」。這句話用來比喻因為語言不同，造成溝通上的障礙，例如：日本人遇到外國人問路，不會用外文回答。

喜歡去日本旅遊的中國人不會說日語，如果學會一個日文詞語「Sumimasen」（恕咪媽腥）便可以開始與日本人溝通。問路、點餐、請人讓路、道歉，都可以說「Sumimasen」（恕咪媽腥）。

222 花より団子

はなよりだんご

hana yori dango

直譯：吃糰子比起賞花更好。

比喻：實際的好處比高雅的品味重要。

廣東話 實際啲

sat[6] zai[3] di[1]

普通話 比較實際

bǐ jiào shí jì

例句

私は花より団子だから日本へ行く時は、美味しい物を食べる方が景色を見るより大事だ。

我實際啲。去日本旅行，食好嘢緊要過睇風景。

我比較實際。去日本旅遊，吃美食比看風景重要。

解說

日本從古到今都有邊賞花邊吃糰子的活動。在賞花的時候，有人更偏愛吃糰子而非賞花，所以用「花より団子」來比喻實際利益比高雅品味重要。這句話常常用來：1. 取笑別人；2. 自嘲。

223 道草を食う

みちくさをくう

michi kusa o kuu

直譯：吃路邊的草。

比喻：無特殊目的地隨意走動。

廣東話 四圍去

sei3 wai4 heoi3

普通話 到處逛

dào chù guàng

例句

母は息子に放課後道草を食わないで、すぐに家に戻りなさいと言った。

阿媽叫個仔放咗學之後要即刻返屋企，唔好四圍去。

媽媽叫兒子放學後要立刻回家，不要到處逛。

解說

「道草を食う」來自古代日本人騎馬代步，馬在路邊吃草便會減慢進度，延長了時間才到達目的地。現代用這句話來比喻某人無特殊目的地隨意走動。使用的情況包括：1. 孩子放學後喜歡到處逛；2. 家人下班後喜歡到處逛；3. 與別人約定好時間，因為到處逛而遲到。

224 二足の草鞋

にそくのわらじ

ni soku no waraji

直譯：兩雙草鞋。

比喻：一個人同時做兩份工作。

廣東話 **打兩份工**

daa² loeng⁵ fan⁶ gung¹

普通話 **做兩份工作**

zuò liǎng fèn gōng zuò

例　句

彼女は二足の草鞋を履いていて、昼は会社の経理、夜は歌手の仕事をしていた。

佢打兩份工。日頭做會計，夜晚做歌手。

她做兩份工作。白天當會計，晚上當歌手。

解　説

「二足の草鞋」來自江戶時代的人在不同的場合穿不同的鞋子。當時盛行賭博，幕府派人去賭場做臥底調查。臥底必須換上平民穿的草鞋才不會被人發現。到了現代，這句話用來比喻同時做兩份工作的人。

225 根回しする

ねまわしする

nemawashi suru

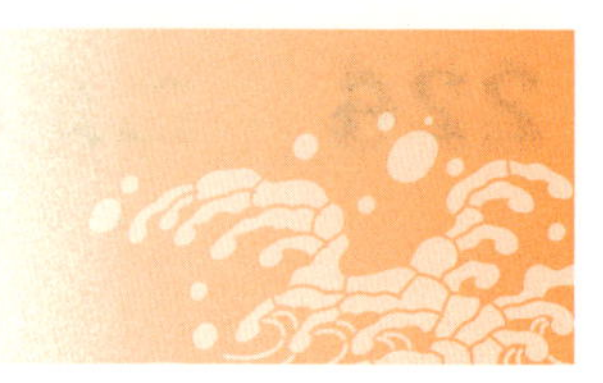

直譯：為了方便移植，提前在樹根周圍挖土。

比喻：在談判或做出決策之前，先跟有關單位聯絡，以達成目標。

廣東話 事先安排好

si6 sin1 on1 paai4 hou2

普通話 事先安排妥當

shì xiān ān pái tuǒ dang

例句

私が根回しをしておいたので、話し合いはスムーズに解決した。

我已經事先安排好，所以談判好快就順利結束嘞。

我已經事先安排妥當，所以談判很快就順利結束了。

解説

「根回しする」的「する」可省略。「根回し」原本是園藝術語，指「移植樹木前，要先處理樹根」。這句話用來比喻在進行某項事務之前，事先與相關單位協調，以達成目標。

226 うどの大木

うどのたいぼく

udo no taiboku

直譯：長得很高的食用土當歸。

比喻：大而無用的人。

大嚿衰

daai[6] gau[6] seoi[1]

大草包

dà cǎo bāo

例　句

彼はうどの大木で、どんなに説明してもわかってくれず、困った。

我點教呢個大嚿衰，佢都好似聽極都唔明。

我怎麼教這個大草包，他都好像怎樣都聽不懂。

解　説

「うどの大木」是日本一種叫「うど」（九眼獨活）的植物，又名食用土當歸。幼芽時可以食用，長到兩公尺高後就無法食用。而且因為莖部柔軟，亦無法用作木料。現代用來比喻：1. 大而無用的人，例如：又高又壯的籃球員，但是投籃都投不中；2. 大而無用的東西，例如：又高又大的貨輪，但是速度很慢；3. 多而無用的工具，例如：新手用很多廚具，但煮的菜不好吃。

227

話に花が咲く

はなしにはながさく

hanashi ni hana ga saku

直譯：説話開花。

比喻：雙方談話很熱絡。

廣東話 **傾得好開心**

king[1] dak[1] hou[2] hoi[1] sam[1]

普通話 **聊得很愉快**

liáo de hěn yú kuài

例句

彼とは知り合ったばかりだが、いろいろ話に花が咲いた。

雖然啱啱識佢，但我哋傾得好開心。

雖然剛認識他，但我們聊得很愉快。

解說

我們與別人聊天時，如果大家有共同的愛好（例如：喜歡看動漫），便會聊得很愉快。「話に花が咲く」用來比喻與投契的人聊天，大家都會心花怒放。

反義詞「話が噛み合わない」指與「話不投機」的人聊天覺得非常難受。

228 寄らば大樹の陰

よらばたいじゅのかげ

yora ba taiju no kage

直譯：如果要遮蔭就在大樹下面。

比喻：如果要找依靠，就選勢力最大的人或者組織。

廣東話 大樹好遮蔭

daai6 syu6 hou2 ze1 jam1

普通話 大樹底下好乘涼

dà shù dǐ xià hǎo chéng liáng

例句

大学生は寄らば大樹の陰という考えで、卒業後は皆大企業に勤めようと思っている。

好多大學生相信大樹好遮蔭，畢業之後都想喺大企業做嘢。

很多大學生相信大樹底下好乘涼，畢業後都想在大企業工作。

解說

因為高壯的樹木有很多樹葉，可以遮蔭及避雨，所以出現了「寄らば大樹の陰」這句話。後來大家用此來比喻：1. 在大企業工作，有穩定收入；2. 倚靠有權勢或地位高的人，比較容易成功。

很多日本人喜歡一生都在大企業工作，所以每年大學調查結束後都會公佈「就職人気企業ランキング」（就職人氣企業排行榜）。

229 木を見て森を見ず

きをみてもりをみず

ki o mite mori o mizu

直譯：只見樹木，不見森林。

比喻：只看到細小的部分，忽略整體。

廣東話 **見樹不見林**
gin3 syu6 bat1 gin3 lam4

普通話 **見樹不見林**
jiàn shù bù jiàn lín

例　句

彼の木を見て森を見ずというビジョンでは、会社をさらに発展させていくことはできない。

佢呢種見樹不見林嘅睇法，唔可以令公司有良好嘅發展。

他這種見樹不見林的看法，不能使公司發展良好。

解　説

我們思考的時候往往只關注眼前的小節而忽略遠大的整體目標，所以會下錯結論。「木を見て森を見ず」字面的意思是「見樹不見林」，與中文的成語相同，所以有人認為來自中國。亦有人認為來自英文「Cannot see the wood for the trees」，或者歐洲不同國家的慣用語。日本借用後用作格言，以提醒管理階層要有更廣闊的視野，才能全盤掌握大局。

230 根掘り葉掘り聞く

ねほりはほりきく

ne hori ha hori kiku

直譯：挖根挖葉子地問。

比喻：對事情追根究底。

廣東話 **打爛沙盆璺到豚**

daa[2] laan[6] saa[1] pun[4] man[6] dou[3] duk[1]

普通話 **打破沙鍋問到底**

dǎ pò shā guō wèn dào dǐ

例句

この記者は根掘り葉掘り聞いて、ようやく真相を見つけた。

呢個記者打爛沙盆璺到豚，所以發現了真相。

這個記者打破沙鍋問到底，所以發現了真相。

解説

「根掘り葉掘り聞く」指將土壤中的植物移植，必須一下一下地先挖葉子然後挖根部。這句話比喻追查真相，例如：聽到某人談戀愛，他的父母、朋友、同學、同事等身邊的人都仔細查問。

231 柳の下のドジョウ

やなぎのしたのどじょう

yanagi no shita no dojō

直譯：柳樹下的泥鰍。

比喻：幸運。

廣東話 好彩

hou² coi²

普通話 幸運

xìng yùn

例句

彼は前回復習しないで好成績だったので、今回も復習せずに試験を受けたら不合格、やはり柳の下のドジョウはいなかった。

我上次冇温書考試考高分。呢次冇温書唔合格。原來唔會再咁好彩嘅。

我上次沒有複習考試考高分。這次沒有複習不合格。原來不會再那麼幸運的。

解說

「柳の下のドジョウ」的意思是在柳樹下的水中曾經捉到泥鰍只是因為運氣好。這句話通常用來勸戒別人凡事不要只靠碰運氣，要靠實力。這句話類似中文的成語「守株待兔」。「柳の下のドジョウ」的「ドジョウ」其實亦可寫漢字：泥鰌。

232 草木も眠る丑三つ時

くさきもねむるうしみつどき

kusaki mo nemuru ushi mitsu doki

直譯：草和樹都睡着的時間。

比喻：寂靜無聲的深夜。

廣東話 三更半夜

saam[1] gaang[1] bun[3] je[6]

普通話 夜深人靜

yè shēn rén jìng

例句

草木も眠る丑三つ時にトイレに一人で行くのが怖かったので、お姉さんを起こして一緒に行ってもらった。

三更半夜我唔敢自己一個人去厠所，所以叫醒姐姐陪我去。

夜深人靜我不敢自己一個人去厠所，所以叫醒姐姐陪我去。

解說

「草木も眠る丑三つ時」指凌晨 2:00 到 2:30 左右，大多數人可能都在睡覺，連草和樹都睡着了。這句話用來比喻深夜整個城市都安靜了。

233 竹を割ったような性格

たけをわったようなせいかく

take o watta yōna seikaku

直譯：刀子順利劈開竹子的性格。

比喻：一個人性情坦率豪爽。

廣東話 **性格爽直**

sing^{3} gaak^{3} song^{2} zik^{6}

普通話 **性格直爽**

xìng gé zhí shuǎng

例　句

彼女は竹を割ったような性格なので、みんな彼女のことが好きだった。

佢性格爽直，好多人都鍾意佢。

她性格直爽，很多人都喜歡她。

解　說

「竹を割ったような性格」源自「劈竹」時的情形——用刀一劈，竹子便會直直地被劈開。這種性格的人直率誠實，受到信任，敢於接受挑戰。在工作場所不但獲得組織重用，還能得到下屬支持。

234 綺麗な薔薇には棘がある

きれいなばらにはとげがある

kirei na bara ni wa toge ga aru

直譯：美麗的玫瑰有刺。

比喻：看似完美的人，其實有缺點。

廣東話 **玫瑰有刺**

mui4 gwai3 jau5 ci3

普通話 **玫瑰有刺**

méi guī yǒu cì

例 句

彼女はきれいでお金持ちだが、癇癪持ちだ。まさに綺麗な薔薇には棘があるだね。

佢又靚又有錢，可惜鍾意發脾氣。真係玫瑰有刺。

她又漂亮又有錢，可惜喜歡發脾氣。真是玫瑰有刺。

解 說

「Every rose has its thorn」，日文翻譯成「綺麗な薔薇には棘がある」，比喻不管一個人有多美或多好，都會有缺點，因為世界上沒有完美的人。這句話常被用來提醒男人「心目中的女神也有缺點」。

235 豚もおだてりゃ木に登る

ぶたもおだてりゃきにのぼる

buta mo odaterya ki ni noboru

直譯：豬受到誇獎也會爬樹。

比喻：能力低的人被誇獎後，能發揮潛能。

廣東話 畀人讚咗之後會有進步

bei^{2} jan^{4} zaan^{3} zo^{2} zi^{1} hau^{6} wui^{5} jau^{5} zeon^{3} bou^{6}

普通話 被人誇獎後會有進步

bèi rén kuā jiǎng hòu huì yǒu jìn bù

例　句

成績が悪い学生でも、豚もおだてりゃ木に登る、褒めて伸ばしましょう。

嗰啲成績差嘅學生，畀人讚咗之後會有進步。大家多啲鼓勵佢哋啦。

那些成績差的學生，被人誇獎後會有進步。大家多鼓勵他們吧。

解　說

「豚もおだてりゃ木に登る」這句話自從出現在 1977—1979 年富士電視台播出的《小雙俠》動畫片裏面之後，便成為日本人的慣用語。「豬受到誇獎也會爬樹」用來比喻鼓勵誇讚別人的重要性。

236 実るほど頭を垂れる稲穂かな

みのるほどあたまをたれるいなほかな

minoru hodo atama o tareru inaho kana

直譯：稻穗成熟時穗頭會垂下來。

比喻：越有成就的人會越謙虛。

廣東話 **越有成就越謙虛**

jyut6 jau5 sing4 zau6 jyut6 him1 heoi1

普通話 **越有成就越謙虛**

yuè yǒu chéng jiù yuè qiān xū

例句

あの有名な企業家は従業員の声にしっかり耳を傾ける。まさに実るほど頭を垂れる稲穂かなですね。

嗰個出名嘅企業家好樂意聆聽員工嘅訴求，原來越有成就越謙虛。

那個有名的企業家很樂意聆聽員工的訴求，原來越有成就越謙虛。

解說

有成就後容易驕傲自滿是人性的普遍弱點。如果學會「謙虛」，不但能得到別人愛戴，還可以讓自己取得更高成就。日本人觀察到稻穗越成熟飽滿，穗尖就垂得越低。「実るほど頭を垂れる稲穂かな」用來比喻隨着人的成就越高，就對他人越謙卑。這句話一般用來：1. 稱讚別人；2. 作為座右銘。企業家稻盛和夫曾分享他成功的心得：「謙虛才能獲得幸福」。

11 地方篇

237 語文遊戲

按照日文，填上中文對照空白處。

日文 | 中文

茨の道 | **(　)(　)重重**

いばらのみち
ibara no michi

答案是**「困難重重」**：(廣) kwan[3] naan[4] cung[4] cung[4]，
(普) kùn nan chóng chóng。
解說：用「荊棘道路」來比喻困難重重。

238 語文遊戲

按照中文，選擇正確日文填入空白處。

中文 | 日文

流落街頭 | **(　)(　)に迷う**

廣：lau[4] lok[6] gaai[1] tau[4]
普：liú luò jiē tóu

(　)是：1. 道路 2. 街道 3. 路頭

答案是 3**「路頭に迷う」**：ろとうにまよう，rotō ni mayou。
解說：用「在街頭迷路」來比喻走投無路，無家可歸。

239 狭き門

せまきもん

semaki mon

直譯：窄的門。

比喻：找理想工作或進理想學校的難度很高。

廣東話 **難度好高**

naan[4] dou[6] hou[2] gou[1]

普通話 **難度很高**

nán dù hěn gāo

例句

東京大学の医学部に入学するのは狭き門だ。

要考入東京大學讀醫科嘅難度好高。

要考進東京大學唸醫科的難度很高。

解説

「狭き門」來自基督教《新約聖經・馬太福音》7 章 13—14 節，耶穌說：「你們要進窄門」。日本人用這句話來比喻競爭激烈，入學難，求職亦難。

「狭き門」的「狭き」是日本古文。雖然日本現代聖經已經將「狭き門」改為「狭い門」，但是很多人已經習慣用「狭き門」。

240 餅は餅屋

もちはもちや

mochi wa mochiya

直譯：年糕要給年糕店的人來做。

比喻：事情要委託專業人士辦才可以。

廣東話 畀專業人士做最好

bei^{2} zyun^{1} jip^{6} jan^{4} si^{6} zou^{6} zeoi^{3} hou^{2}

普通話 交給專業人士做最好

jiāo gěi zhuān yè rén shì zuò zuì hǎo

例　句

法律に関することは餅は餅屋、専門家に任せるのが一番だ。

有關法律嘅問題，都係畀專業人士做最好。

法律相關的問題，都是交給專業人士做最好。

解　説

「餅は餅屋」的「餅」指年糕，「餅屋」指年糕店。這句話來自江戶時代，新年的時候，有「年糕店」特別攜帶用具及材料上門去顧客家舂年糕。這些年糕店的師傅都很專業，做的年糕非常美味。

現代的日本人多數去超級市場買年糕。「餅は餅屋」用來比喻每個行業，各有專精，所以事情要交給專業人士處理。

241 住めば都

すめばみやこ

sumeba miyako

直譯：在一個地方住久了，就覺得舒適。

比喻：不管甚麼地方，住習慣了便成為最好的地方。

廣東話 **住慣住熟嘅地方最好**

zyu6 gwaan3 zyu6 suk6 ge3 dei6 fong1 zeoi3 hou2

普通話 **住慣的地方最好**

zhù guàn de dì fāng zuì hǎo

例句

母に家を買ってあげたのに、母は今の場所が住めば都だと言って、離れない。

我買咗屋叫阿媽嚟住。佢話而家住慣住熟嘅地方最好，所以唔嚟。

我買了房子叫媽媽來住。她說現在住慣的地方最好，所以不來。

242 井戸端会議

いどばたかいぎ

idobata kaigi

直譯：井邊會議。

比喻：聚集在一起閒聊。

廣東話 傾閒偈

king[1] haan[4] gai[2]

普通話 閒聊

xián liáo

例句

お母さんたちは子供と公園に行き、子供たちは楽しそうに遊び、お母さんたちも井戸端会議で楽しそうにおしゃべりした。

啲媽媽帶細蚊仔去公園。啲細蚊仔玩得好開心，啲媽媽都傾閒偈傾得好開心。

媽媽們帶孩子去公園。孩子們玩得好開心，媽媽們閒聊也聊得很開心。

解說

在江戶時代，水井是婦女自然聚集的地方，她們去取水或者洗衣服時都會聊天。這樣聊天其實可以知道當地小道消息，例如：天氣情況、怎樣提防地震等。當時的人用「井戸端会議」來取笑聚集聊天的婦女。

到了現代，這句話常用來形容：1. 婦女在鄰居門前、超市、公園等地方聚集聊天；2. 公司職員在公司的茶水間、吃午飯的地方聚集聊天。雖然這種聚會看起來是閒聊八卦，但是可以有效地互通資訊。

243 岐路に立つ

きろにたつ

kiro ni tatsu

直譯：站在分岔路口。

比喻：面對選擇。

企喺分岔路口

kei[5] hai[2] fan[1] caa[1] lou[6] hau[2]

站在分岔路口

zhàn zài fēn chà lù kǒu

例　句

卒業を控え、学業を続けるか仕事に就くかという岐路に立った。

我就嚟畢業，企喺分岔路口，唔知繼續讀書定係搵嘢做。

我快要畢業，站在分岔路口，不知繼續讀書還是工作。

244 旅は道連れ

たびはみちづれ

tabi wa michizure

直譯：旅途有同伴同行。

比喻：人與人互相幫助十分重要。

廣東話 **出外靠朋友**

ceot[1] ngoi[6] kaau[3] pang[4] jau[5]

普通話 **出門靠朋友**

chū mén kào péng you

例　句

「旅は道連れ」と言いますが、今回友人と一緒に旅行し、互いに助け合い、とても楽しい旅ができました。

正所謂「出外靠朋友」，我今次同朋友一齊去旅行，互相照應，旅途十分愉快。

正所謂「出門靠朋友」，我這次跟朋友一起去旅行，互相照應，旅途十分愉快。

解　說

「旅は道連れ、世は情け」的簡寫是「旅は道連れ」，據江戶時代《東海道名所記》記載，出遠門可能會遇到天災人禍，所以有伴同行能彼此照顧就可以安心。

現代用這句話來比喻人與人要互相幫助。使用的範圍包括：1. 旅行：同行有伴，互相照應；2. 工作：與上司和同事好好相處，發揮團體力量；3. 人生：在人生旅途上，有起有跌，與朋友一起度過可以享受到人間真情。

245 火事場の馬鹿力

かじばのばかぢから

kajiba no baka jikara

直譯：笨蛋在火災時發出的力量。

比喻：在緊急情況下，不自覺地發揮出無法想像的超能力。

廣東話 喺危急嗰陣發出超能力

hai² ngai⁴ gap¹ go² zan⁶ faat³ ceot¹ ciu¹ nang⁴ lik⁶

普通話 在危急關頭使出超能力

zài wēi jí guān tóu shǐ chū chāo néng lì

例句

お母さんは息子が車にひかれそうになり、火事場の馬鹿力を発揮して車を突き飛ばした。

媽媽睇見個仔就嚟畀架車撞親，喺危急嗰陣發出超能力，將架車推開。

媽媽看見兒子就要被汽車撞倒，在危急關頭使出超能力，把汽車推開。

解說

「火事場の馬鹿力」是「馬鹿」（笨蛋）和「馬鹿力」（驚人的力氣）組合起來的慣用語。這個詞組來源於發生火災時，有一個普通人突然間爆發出超人的力量救火。這句話用來比喻緊急情況能夠使一個普通人發出無法想像的力量。使用的情況包括：1. 考試；2. 工作；3. 業績；4. 災難。

246 敵は本能寺にあり

てきはほんのうじにあり

teki wa Honnōji ni ari

直譯：敵人在本能寺。

比喻：另有企圖。

廣東話 別有用心

bit⁶ jau⁵ jung⁶ sam¹

普通話 別有用心

bié yǒu yòng xīn

例　句

彼は茶道クラスに通っているが、敵は本能寺にあり、真の狙いは先生が準備してくれる和菓子を食べることだ。

佢上茶道班，其實別有用心，佢鍾意食老師準備嘅和菓子。

他上茶道課，其實別有用心，他喜歡吃老師準備的和菓子。

解　說

日本戰國時代，織田信長是第一個成功統治日本的領導人。織田信長的下屬明智光秀在天正 10 年（1582 年）假借要去殺敵人，其實跑去本能寺殺他的主公。大家用「敵は本能寺にあり」來形容明智光秀用藉口欺騙別人，趁機叛變的行為。現代日本人用這句話來比喻一個人另有企圖。

247 非の打ち所がない

ひのうちどころがない

hi no uchidokoro ga nai

直譯：沒有地方可以批評。

比喻：完美無瑕，無可指責。

廣東話 冇得彈

mou⁵ dak¹ taan⁴

普通話 好得沒話説

hǎo de méi huà shuō

例 句

このベストセラー小説は、本当に非の打ち所がない。

呢本暢銷小説，真係冇得彈。

這本暢銷小説，真是好得沒話説。

解 説

「非の打ち所がない」指：1. 一個人完美無瑕；2. 一個人做的事無可指責；3. 一件物品好得沒話説。這句話來自「批点の打ち所がない」。古代日本人在一篇文章中需要批改的地方旁邊標圈點（即批点）。「所がない」指「沒有地方」，所以「批点の打ち所がない」表示「沒有地方批改」。後來「批点」演變成「非」（指錯誤），於是「非の打ち所がない」就表示完美無瑕的意思。

248 笑う門には福来る

わらうかどにはふくきたる

warau kado ni wa fuku kitaru

直譯：笑口常開，福氣會到家門口。

比喻：家中充滿歡樂，自然會招來福氣。

廣東話 笑口常開好彩自然嚟

siu3 hau2 soeng4 hoi1 hou2 coi2 zi6 jin4 lai4

普通話 笑口常開好運自然來

xiào kǒu cháng kāi hǎo yùn zì rán lái

例句

笑う門には福来ると信じているから、おばあちゃんはいつもニコニコしている。

阿嫲成日都笑微微，因為佢相信「笑口常開好彩自然嚟」。

奶奶整天都笑瞇瞇的，因為她相信「笑口常開好運自然來」。

249 そうは問屋が卸さない

そうはとんやがおろさない

sō wa tonya ga orosanai

直譯：批發商不會賣的。

比喻：過於樂觀。

廣東話 冇諗得咁簡單

mou[5] nam[2] dak[1] gam[3] gaan[2] daan[1]

普通話 想得真美

xiǎng de zhēn měi

例句

AI を使って書いた論文で合格できると思ったら、そうは問屋が卸さない、と先生が言った。

老師話：冇你諗得咁簡單，以為用 AI 寫論文就合格。

老師說：你想得真美，以為用 AI 寫論文就能合格。

解說

「そうは問屋が卸さない」來自批發商將產品分銷給零售商要賺錢，所以不可能以低價賣給零售商。這句話用來比喻「想得美」，事情不會真的像預期的方向發展。使用情況包括：1. 用來拒絕別人；2. 用來自嘲。

250 清水の舞台から飛び降りる

きよみずのぶたいからとびおりる

Kiyomizu no butai kara tobioriru

直譯：從清水寺廟的舞台跳下去。

比喻：下定決心，豁出去了。

廣東話 **死就死啦**

sei^2 zau^6 sei^2 laa^1

普通話 **豁出去**

huō chū qu

例　句

よし！清水の舞台から飛び降りるつもりで、銀行にお金を借りて家を買い、彼女と結婚しよう。

死就死啦，我決定問銀行借錢買樓同女結婚。

我豁出去了，決定向銀行貸款買房子跟她結婚。

解　説

清水寺是京都最古老的寺院，大殿前有一個懸空的「舞台」定期舉行傳統歌舞演出。江戶時代有很多人相信從「舞台」跳下去，如果不死願望便會成真，即使死了也可以去極樂世界，所以這種許願的行為不斷出現。雖然明治五年（1872 年）政府禁止後沒有人再跳下去，但是大家仍然用「清水の舞台から飛び降りる」來比喻下定決心，視死如歸。

12 大自然篇

251 語文遊戲

按照日文，填上中文對照空白處。

日文　　中文

我田引水　**各家自掃（　）（　）（　）**

がでんいんすい
gaden insui

答案是**「各家自掃門前雪」**：（廣）gok3 gaa1 zi6 sou3 mun4 cin4 syut3，
（普）gè jiā zì sǎo mén qián xuě。

解說：用「只往自己的稻田引水」來比喻自私自利。

252 語文遊戲

按照中文，選擇正確日文填入空白處。

中文　　日文

借鏡　**（　）（　）の石**

廣：ze3 geng3

普：jiè jìng

（　）是：1. 近所 2. 公園 3. 他山

答案是 3**「他山の石」**：たざんのいし，tazan no ishi。

解說：來自中國《詩經》「他山之石」。日本借用後用來比喻看到別人錯失，作為反面教材。

253 人生山あり谷あり

じんせいやまありたにあり

jinsei yama ari tani ari

直譯：人生有山有谷。

比喻：人生有喜悦，也有悲傷。

廣東話 人生有起有落

jan[4] sang[1] jau[5] hei[2] jau[5] lok[6]

普通話 人生有起有落

rén shēng yǒu qǐ yǒu luò

例 句

母は人生山あり谷ありだからこそ素晴らしいんだと私に言って聞かせた。

媽媽講畀我聽：人生有起有落先至精彩。

媽媽告訴我：人生有起有落才精彩。

254 図星

ずぼし

zuboshi

直譯：箭靶的中心。

比喻：説中別人心中所想。

廣東話 講中咗

gong[2] zung[3] zo[2]

普通話 説中了

shuō zhòng le

例　句

彼女は本当にバスケチームのキャプテンが好きだそうだ。やはり図星だった。

原來佢真係暗戀籃球隊隊長，畀我講中咗添。

原來她真的暗戀籃球隊隊長，給我説中了。

解　説

日本武術的「弓道」以前專門訓練武士射箭，射中「図星」（靶子中央的黑點）即為最準確。現代日本人用「図星」來比喻説中別人心中所想。

255 水臭い

みずくさい

mizu kusai

直譯：飲品加上水後，味道比較淡。

比喻：用對待陌生人的態度來對待熟人。

廣東話 唔夠朋友

m^4 gau^3 $pang^4$ jau^5

普通話 不夠朋友

bù gòu péng you

例句

毎日会っているのに、結婚することを教えてくれないなんて、水臭いね。

我日日都見到你，你結婚都唔通知我。真係唔夠朋友呀！

我天天都見到你，你結婚也不通知我。真是不夠朋友啊！

解說

「水が臭い」指水有臭味，而「水臭い」指不夠朋友／太見外。這句話通常使用的情況是：兩個感情很好的朋友，其中一個因為喜事、麻煩事、喪事不通知或要求另一個朋友幫忙。另一個朋友知道後開玩笑或責罵說：「水臭い」。

256 土砂降り

どしゃぶり

dosha buri

直譯：沙土降下。

比喻：暴雨。

落大雨

lok[6] daai[6] jyu[5]

下大雨

xià dà yǔ

例　句

たとえ土砂降りでも、ファンたちはコンサートへ行く。

就算落大雨，好多粉絲仲去演唱會。

我就算下大雨，很多粉絲還去演唱會。

解　說

日文下大雨的象聲詞「dosha dosha」與「土砂」的發音相似，所以用「土砂」代替下雨的聲音。日本暴雨警報分三級：大雨注意警報、大雨警報、大雨特別警報。

257 海千山千

うみせんやません

umi sen yama sen

直譯：在海裏一千年，在山上一千年。

比喻：世故老練、陰險狡詐的人。

廣東話 **老狐狸**

lou5 wu4 lei2

普通話 **老油條**

lǎo yóu tiáo

例 句

あの人は海千山千だから、気をつけた方がいいですよ。

佢係老狐狸，你要小心呀！

他是老油條，你要小心啊！

解 說

「海千山千」源自「蛇修千年成海龍，再修千年成山龍」的傳説。現代日語中，「海千山千」比喻在社會摸爬滾打多年、世故老練、奸詐狡猾之人。在此提醒大家要小心被這種人欺騙。

258 水に流す

みずにながす

mizu ni nagasu

直譯：讓流水沖走。

比喻：既往不咎。

廣東話 **過去嘅嘢就由得佢**

gwo[3] heoi[3] ge[3] je[5] zau[6] jau[2] dak[1] keoi[5]

普通話 **過去的事就讓它過去**

guò qù de shì jiù ràng tā guò qu

例　句

誤りを認めるのなら、すべて水に流そう。

既然你知錯，過去嘅嘢就由得佢啦！

既然你知錯，過去的事就讓它過去吧！

解　說

「水に流す」源自日本古代一種祭禮：人們在河中或海中清洗身體以淨化自己的心靈。現代日本人用這句話來比喻讓過去的記憶像流水般被沖走。

具體用法包括：1. 對別人說原諒他；2. 對自己說要忘記怨恨；3. 知道那個曾傷害自己的人後悔了便原諒他；4. 開玩笑地叫別人忘記自己的承諾。

259 天地無用

てんちむよう

tenchi muyō

直譯：天地禁止。

比喻：請勿倒置。

廣東話 **禁止倒置**

gam3 zi2 dou2 zi3

普通話 **嚴禁倒置**

yán jìn dào zhì

例 句

妹が送ってくれたケーキの箱の上に「天地無用」のシールが貼ってあった。

今日收到阿妹寄畀我嘅蛋糕。盒上面貼咗「禁止倒置」嘅貼紙。

今天收到妹妹寄給我蛋糕。盒子上面貼了「嚴禁倒置」的貼紙。

解 説

愛看動漫的朋友一看到「天地無用」就會聯想到日本動畫公司製作的動畫系列。這個詞其實是寫在郵寄物品上給搬運者的提示。「天」指包裹或貨箱上方，「地」指包裹或貨箱下方，「無用」指禁止。「天地無用」指「請勿倒置」。在日本郵寄物品時，一定要多加注意！

260 雲泥の差

うんでいのさ

undei no sa

直譯：雲在天上，泥在地上。

比喻：兩者差別極大。

廣東話 差天共地

caa[1] tin[1] gung[6] dei[6]

普通話 天差地別

tiān chā dì bié

例句

彼女はアメリカ留学前と後では英語のレベルに雲泥の差がある。

佢去美國留學之前同之後嘅英文水平差天共地。

她去美國留學之前和之後的英文水平天差地別。

261 焼け石に水

やけいしにみず

yakeishi ni mizu

直譯：水倒在燒紅的石頭上。

比喻：力量太小，對事情毫無幫助。

冇咩用

mou[5] me[1] jung[6]

沒甚麼用

méi shén me yòng

例　句

君のお父さんは銀行に何百万もの借金をしているんだ。たとえ君の貯金を全部お父さんにあげたって、焼け石に水だよ。

爸爸爭銀行幾百萬，就算你畀晒啲儲蓄佢都係冇咩用。

爸爸欠了銀行幾百萬，即使你將所有的儲蓄給他也沒甚麼用。

解　說

「焼け石に水」源自將少量的水倒在熱的石頭上，水很快就會蒸發，不會有任何效果。這句話通常用來比喻在情況非常糟糕的情況下，微小的努力或援助都起不了作用。使用的範圍可以包括：1. 債務問題；2. 感情破裂；3. 學業問題。

262 雨降って地固まる

あめふってじかたまる

ame futte ji katamaru

直譯：下雨後地面更堅固。

比喻：雙方衝突後，凝聚力反而更強。

廣東話 嗌交之後感情更加好

aai3 gaau1 zi1 hau6 gam2 cing4 gang6 gaa1 hou2

普通話 吵架後感情更好

chǎo jià hòu gǎn qíng gèng hǎo

例句

彼は奥さんと喧嘩した後、絆が深まった。雨降って地固まるだね。

佢同太太嗌交之後感情更加好喎！

他跟太太吵架後感情更好呢！

解說

「雨降って地固まる」來自下雨後地面會變硬，形成堅固地面的現象。比喻雙方衝突過後，凝聚力比之前更強，感情更好。使用範圍包括：1. 個人；2. 團隊／組織；3. 國家。

263 塵も積もれば山となる

ちりもつもればやまとなる

chiri mo tsumore ba yama to naru

直譯：塵埃慢慢會堆積成山。

比喻：少少的數量累積後，數量會增多。

廣東話 積少成多

zik[1] siu[2] sing[4] do[1]

普通話 積少成多

jī shǎo chéng duō

例　句

每日少しずつ貯金をしたら、塵も積もれば山となるで、ヨーロッパ旅行に行くお金が貯まった。

我每日儲啲錢，積少成多。最後夠錢去歐洲旅行喇。

我每天存一點錢，積少成多。最後有足夠的錢去歐洲旅行了。

解　説

印度佛教《大智度論》:「微塵可以慢慢積聚成山」，用來教化信徒即使是微不足道的塵埃，如果日積月累，也能變得像山一樣高；即使是微不足道的行為，如果長期持續下去，最終也能帶來意想不到的偉大成果。現代日本人用「塵も積もれば山となる」來勸導別人：1. 要持續好行為，日積月累便會有顯著成效；2. 不要持續壞行為，小惡終將釀成大禍。

264 明日は明日の風が吹く

あしたはあしたのかぜがふく

ashita wa ashita no kaze ga fuku

直譯：明天會吹着明天的風。

比喻：不要過分憂慮將來的事。

廣東話 聽日先算

ting[1] jat[6] sin[1] syun[3]

普通話 明天再説

míng tiān zài shuō

例　句

心配はいらないよ。明日は明日の風が吹くって言うじゃないか。

唔使擔心，聽日先算啦！

不要擔心，明天再説吧！

解　說

「明日は明日の風が吹く」早在江戶時代的歌舞伎戲劇、小説和其他作品中就已出現。因為風向總是多變的，所以用此來比喻即使今天失敗了，明天還有翻身的希望。現代日本人用這句話來安慰那些過於憂慮的人。

13

金錢篇

265 語文遊戲

按照日文，填上中文對照空白處。

日文　　中文

時は金なり　　**時間就是（　）（　）**

ときはかねなり
toki wa kane nari

答案是**「時間就是金錢」**：(廣) si4 gaan3 zau6 si6 gam1 cin4，
(普) shí jiān jiù shì jīn qián。

解說：來自美國傑出政治家 Benjamin Franklin 的名言「Time is money」。用來提醒大家時間就像金錢那樣，絕對不能浪費。

266 語文遊戲

按照中文，選擇正確日文填入空白處。

中文　　日文

億 萬 富 翁　　**億万（　）（　）**

廣：jik1 maan6 fu3 jung1
普：yì wàn fù wēng

（　）是：1. 長者 2. 財閥 3. 富豪

答案是 1**「億万長者」**：おくまんちょうじゃ，oku man chōja。

解說：日文「長者」指富翁。以前百萬富翁已經算有錢，近年億萬富翁才算有錢。日本人使用「億万長者」比「百万長者」多。

267 一文無し

いちもんなし
ichi mon nashi

直譯：沒有一分錢。

比喻：完全沒有錢。

廣東話 一蚊都冇
jat1 man1 dou1 mou5

普通話 身無分文
shēn wú fèn wén

例 句

彼は月末になると一文無しになる。

佢到咗月尾一蚊都冇。

他到了月底身無分文。

解 說

日本製造錢幣最早是參考中國南北朝時期以黃銅製成的圓形方孔錢幣。自奈良時代起開始使用這種貨幣，最小的貨幣單位是「一文」，到了明治時代才改用「圓／円」作為貨幣單位。雖然現代日本的貨幣是「圓／円」，但有些日常用語仍保留「文」的用法，例如：

日本慣用語	直譯	意譯
一文無し	一圓都沒有	一分錢都沒有
無一文	沒有一圓	沒有一分錢
早起きは三文の得	早起會得到三圓	早起的鳥兒有蟲吃

268 二束三文

にそくさんもん

ni soku san mon

直譯：兩雙鞋三文錢。

比喻：廉價出售／廉價購買。

廣東話 **監平監賤賣／好抵買**

gaam[3] peng[4] gaam[3] zin[6] maai[6] / hou[2] dai[2] maai[5]

普通話 **賤價賣掉／賤價買到**

jiàn jià mài diào / jiàn jià mǎi dào

例句

家主はお金がすぐ必要だったので、二束三文で家を売り払った。

業主等錢使，監平監賤賣樓。

業主急着用錢，以賤價賣掉房子。

解說

江戶時代最小的貨幣單位是「文」，當時一般平民都會穿草鞋。「二束三文」指兩雙草鞋三文錢。由於這個表述中沒有動詞，所以賣方或買方都可以用。賣方：「二束三文で売る」，表示以賤價出售，利潤微薄。買方：「二束三文で買う」，表示以廉價購得，非常便宜。到了現代，賣方用「二束三文で売る」的頻率比買方說「二束三文で買う」要高很多。

269 安物買いの銭失い

やすものがいのぜにうしない

yasumono gai no zeni ushinai

直譯：以為撿到便宜貨，結果損失慘重。

比喻：一分錢，一分貨。

廣東話 平嘢冇好

peng[4] je[5] mou[5] hou[2]

普通話 便宜沒好貨

pián yí méi hǎo huò

例 句

正規ルート以外で買うとコンピュータは安いけど、すぐ壊れる。やはり安物買いの銭失いだね。

水貨電腦比較平，但係好快就壞。真係平嘢冇好！

水貨電腦比較便宜，但是很快就壞掉。真是便宜沒好貨！

解 説

據説江戶時代有一個人用了很少錢就買到一個有抽屜的櫃子，但是後來發現抽屜都拉不出來。從此日本人用「安物買いの銭失い」來提醒大家「買便宜的貨品得不償失」。到了日本戰後，發展出新的説法「安かろう悪かろう」來批評「便宜沒好貨」。

現今日本社會競爭激烈，商家常在商品上貼上「お買い得」（划算）來吸引顧客。「大割引」（大減價）中的「1 割」表示「10%」，「引」表示「減」，所以「2 割引」表示「減 20%」（即八折）。

270 財布の紐が緩む

さいふのひもがゆるむ

saifu no himo ga yurumu

直譯：錢包的繩子鬆了。

比喻：節儉的人為了某種原因不得不花錢。

廣東話 荷包大出血

ho^{4} baau^{1} daai^{6} ceot^{1} hyut^{3}

普通話 錢包大出血

qián bāo dà chū xiě

例句

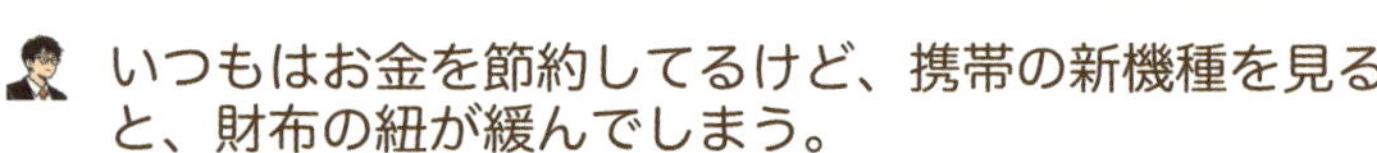

いつもはお金を節約してるけど、携帯の新機種を見ると、財布の紐が緩んでしまう。

我平時好慳，但係一睇到新型號嘅手機就荷包大出血。

我平時很節儉，但是一看到新型號的手機就錢包大出血。

解說

江戶時代的「財布」（錢包）稱為「東口錢袋」。它是用布料做的錢袋，用繩子束緊袋口，防止錢幣掉出來。

「財布の紐が緩む」的「紐」是繩子，「緩む」是鬆了，這句話比喻一個人錢包的繩子鬆了，他便可以亂花錢。「財布の紐が固い」指一個人錢包的繩子很緊，表示他很節儉。「財布を握る」指一個人握着錢包，意味着他是掌管錢財的人。

到了現代日本人已經用「其他物料」代替「布」來做錢包，但仍然稱錢包為「財布」。

271 悪銭身に付かず

あくせんみにつかず

akusen mi ni tsukazu

直譯：不義之財不會留在身邊。

比喻：不勞而獲的錢留不住。

廣東話 **錢嚟得快去得快**

cin2 lai4 dak1 faai3 heoi3 dak1 faai3

普通話 **錢來得快去得快**

qián lái de kuài qù de kuài

例句

パチンコで手にしたお金は悪銭身に付かずで、すぐなくなった。

波子機贏嘅錢嚟得快去得快，一陣間就使晒。

彈珠機贏的錢來得快去得快，一下子就花光了。

解說

「悪銭身に付かず」早在江戶時代上演的歌舞伎戲劇中就已出現。現代日本人用這句話來告誡人們：如果要得到錢，最好還是老老實實地工作。適用的情況包括：1. 賭博所得；2. 投機獲利；3. 非法收入；4. 娛樂斂財；5. 盜竊贓款。

272 地獄の沙汰も金次第

じごくのさたもかねしだい

jigoku no sata mo kane shidai

直譯：地獄審判是非的準則是是否有錢。

比喻：任何事都可以用錢來解決。

廣東話 有錢使得鬼推磨

jau^{5} cin^{2} sai^{2} dak^{1} gwai^{2} teoi^{1} mo^{4}

普通話 有錢能使鬼推磨

yǒu qián néng shǐ guǐ tuī mò

例句

地獄の沙汰も金次第とは言うが、法を犯した以上収監されなければいけない。

雖然話有錢使得鬼推磨，但係佢犯咗法就要坐監。

雖然說有錢能使鬼推磨，但是他犯了法就要坐牢。

解說

「地獄の沙汰も金次第」在江戸時代便已使用。這句話源於信徒會因為捐獻給寺院的金錢多寡而受到不同的待遇。現代這句話用來：1. 說明金錢的力量；2. 批判壞人利用金錢做壞事。

273 宵越しの金は持たない

よいごしのかねはもたない

yoigoshi no kane wa motanai

直譯：不留隔夜錢。

比喻：抱着錢是賺來花的態度。

廣東話 **錢係賺嚟使嘅**

cin[2] hai[6] zaan[6] lai[4] sai[2] ge[3]

普通話 **錢是賺來花的**

qián shì zhuàn lái huā de

例句

無貯金族は宵越しの金は持たない主義だから、貯金をしない。

月光族認為錢係賺嚟使嘅，所以唔會儲錢。

月光族認為錢是賺來花的，所以不會存錢。

解說

「宵越しの金は持たない」源自江戶時代常常發生火災，居民因此失去家中財物。江戶人（現代東京人）便決定將當天賺到的錢花光，慢慢「不留隔夜錢」的生活態度，成為江戶人的特徵。有人認為其實江戶人賺到的錢很少，只是用這句話作為沒有儲蓄的藉口。

到了現代這句話使用的情況包括：1. 請客的人表示自己豪爽；2. 勸導他人要儲蓄，不要做「無貯金族」（月光族）；3. 自我反省並決心要開始儲蓄。

274 金の切れ目が縁の切れ目

かねのきれめがえんのきれめ

kane no kireme ga en no kireme

直譯：沒有錢，關係結束。

比喻：用金錢建立的人際關係很薄弱。

廣東話 冇錢冇朋友

mou5 cin2 mou5 pang4 jau5

普通話 沒錢沒朋友

méi qián méi péng yǒu

例句

彼が退職した後、友達は離れていった。人間は現金なものだ。金の切れ目が縁の切れ目ということだ。

佢退休之後，朋友都離開佢。世界真係現實，冇錢冇朋友。

他退休後，朋友都離開他。世界真現實，沒錢沒朋友。

解說

日本古代已經使用「金の切れ目が縁の切れ目」。現代日本人用這句話來說明「錢在人際關係中的影響力」。當朋友發現你的錢花光時，朋友便會離開你。至於那些生意夥伴，關係就更薄弱了。

其實社會上不是每個人都那麼現實，「義理人情に厚い」則用來形容「十分具有人情味」。

275 金は天下の回り物

かねはてんかのまわりもの

kane wa tenka no mawarimono

直譯：金錢在世界上會輪流轉動。

比喻：風水輪流轉，貧富無常。

廣東話 **風水輪流轉，貧富無常**

Fung[1] seoi[2] leon[4] lau[4] zyun[2], pan[4] fu[3] mou[4] soeng[4]

普通話 **風水輪流轉，貧富無常**

fēng shuǐ lún liú zhuàn, pín fù wú cháng

例句

金は天下の回り物だから、いつかきっとお金が手に入るよ。

風水輪流轉，貧富無常。有一日你一定會有錢。

風水輪流轉，貧富無常。有一天你一定會有錢。

解說

明治時代《日本俚諺大全》(1906 年) 便已收錄「金は天下の回り物」。現代用這句話來：1. 激勵貧窮的人，讓他們相信將來可能會變得富有；2. 警告富有的人，提醒他們將來可能會陷入貧窮。

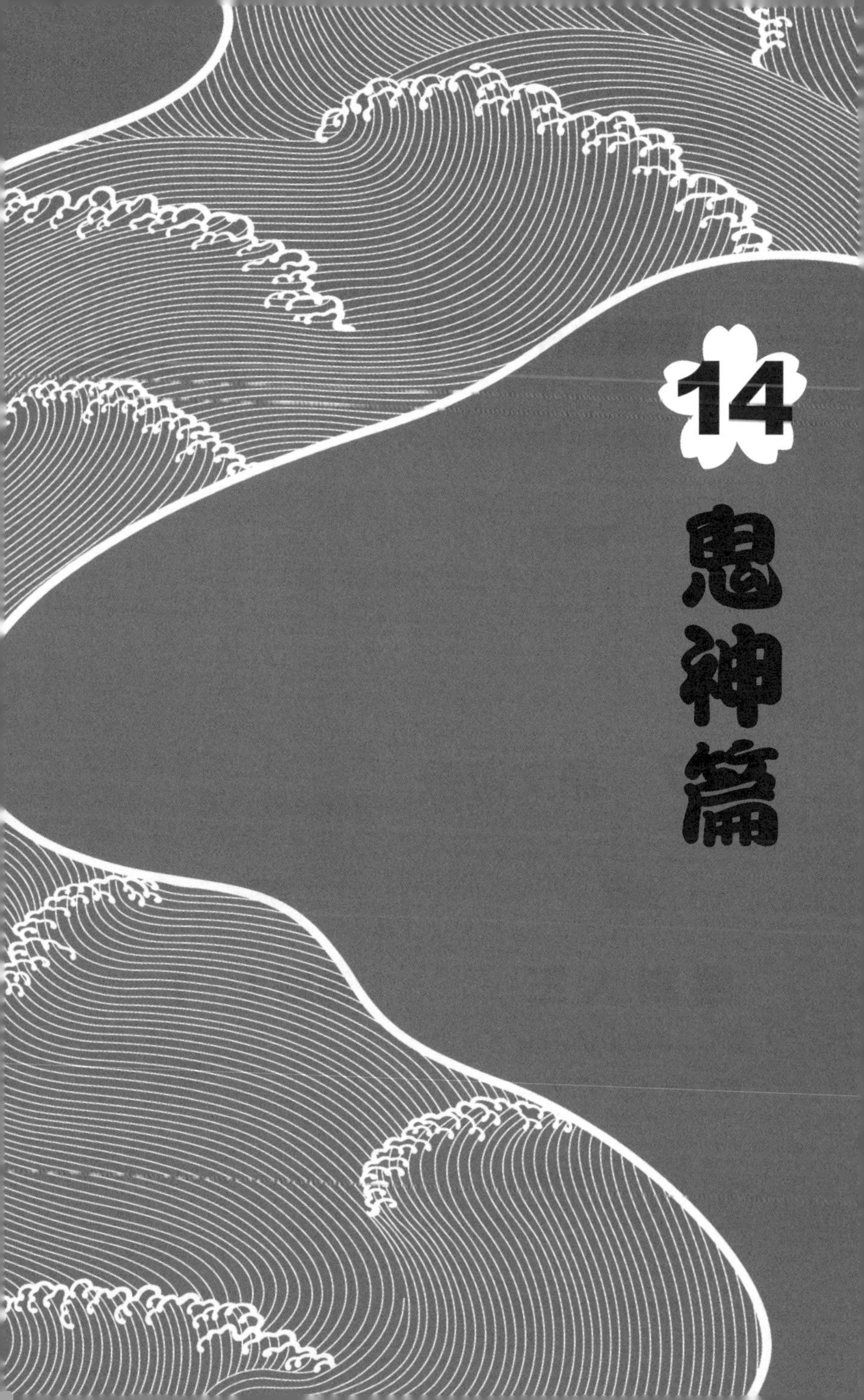

14 鬼神篇

276 語文遊戲

按照日文，填上中文對照空白處。

日文

お客様は神様です

おきゃくさまはかみさまです

okyaku sama wa kami sama desu

中文

(　)(　)至上

答案是**「顧客至上」**：(廣) gu³ haak³ zi³ soeng⁶，

(普) gù kè zhì shàng。

解說：把客人當作神。

277 語文遊戲

按照中文，選擇正確日文填入空白處。

中文

遲 到 大 王

廣：ci⁴ dou³ daai⁶ wong⁴

普：chí dào dà wáng

日文

遲刻(　)

(　)是：1. 鬼 2. 魔 3. 虫

答案是 2**「遲刻魔」**：ちこくま，chikoku ma。

解說：常常遲到的人。

278 鬼嫁

おによめ

oni yome

直譯：惡妻。

比喻：對丈夫和婆婆不好的惡妻。

廣東話 老虎乸

lou^5 fu^2 naa^2

普通話 惡婦

è fù

例句

彼女は結婚前はとても優しかったのに、結婚したら鬼嫁になった。

佢結婚之前好溫柔，結婚之後變成老虎乸。

她結婚之前很溫柔，結婚之後變成惡婦。

279 蟻地獄

ありじごく

ari jigoku

直譯：蟻的地獄。

比喻：陷入困境，無法擺脫。

廣東話 泥足深陷，不能自拔

nai⁴ zuk¹ sam¹ ham⁶, bat¹ nang⁴ zi⁶ bat⁶

普通話 泥足深陷，不能自拔

ní zú shēn xiàn, bù néng zì bá

例 句

彼は借金を返すためにサラ金からお金を借りたが、まさに蟻地獄だ。

佢為咗還錢借大耳窿錢。真係泥足深陷，不能自拔囉。

他為了還款借高利貸。真是泥足深陷，不能自拔啊。

解 説

日本有一種叫「蟻獅」的昆蟲。牠覓食的方法是在沙地上挖出一個螺旋形的陷阱，讓螞蟻掉落下來。

現代用這句話來比喻陷入無法擺脫的困境，例如：吸毒、賭博、酗酒、借高利貸等。

280 鬼に金棒

おにに かなぼう

oni ni kanabō

直譯：給鬼金棒。

比喻：强者有助力變得更强。

廣東話 如虎添翼

jyu4 fu2 tim1 jik6

普通話 如虎添翼

rú hǔ tiān yì

例句

この大会社では優秀なセールスマンが一人加わったので、鬼に金棒だ。

呢間大公司多咗個金牌推銷員，真係如虎添翼。

這家大公司多請了一個金牌推銷員，真是如虎添翼。

解說

傳說中日本有很多種不同的鬼，其中有一種長着尖牙和角、穿虎皮短褲、皮膚呈紅色或綠色的鬼十分厲害，獲得金棒（狼牙棒）作為武器之後會變得更加厲害。現代用「鬼に金棒」來比喻：1. 個人，例如：有實力的球隊聘請到金牌教練；2. 集團，例如：上市公司與大財團合作。

281 お邪魔虫

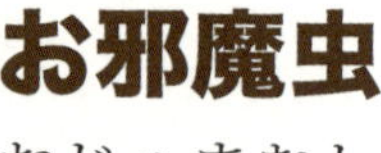

おじゃまむし

ojama mushi

直譯：打擾的蟲子。

比喻：妨礙情侶約會的電燈泡。

廣東話　**電燈膽**

din^6 dang^1 daam^2

普通話　**電燈泡**

diàn dēng pào

例　句

デート中、お邪魔虫になりたくないので、私は失礼しますね！

你哋拍拖，我唔想做電燈膽。我走先喇！

你們約會，我不想當電燈泡。我先走啦！

解　說

日本人用「虫」構成的詞中，有些是用來取笑別人的，例如：

	日文	廣東話	普通話
1	お邪魔虫	電燈膽	電燈泡
2	泣虫	喊包	愛哭鬼
3	弱虫	無膽鬼	膽小鬼
4	本の虫	書蟲	書呆子
5	虫が良すぎる	自私	自私
6	虫が好かない	乞人憎	令人討厭

282 仕事の鬼

しごとのおに

shigoto no oni

直譯：工作鬼。

比喻：過度投入工作的人。

工作狂

gung[1] zok[3] kwong[4]

工作狂

gōng zuò kuáng

例 句

彼は仕事の鬼なので、休暇は時間の無駄だと思っている。

佢係工作狂，認為放假嘥時間。

他是工作狂，認為放假是浪費時間

解 説

「仕事の鬼」的「仕事」指「工作」，「鬼」可以用來比喻極度熱衷於某種活動的人。常見的「XX の鬼」有：1. 仕事の鬼——工作狂；2. 野球の鬼——棒球狂熱者；3. 柔道の鬼——柔道癡；4. 山登りの鬼——登山發燒友；5. 勉強の鬼——學習狂人。

283 釈迦に説法

しゃかにせっぽう

Shaka ni seppō

直譯：向釋迦牟尼講經。

比喻：在專家面前賣弄本事，不自量力。

廣東話 **識少少，扮代表**

sik¹ siu² siu², baan⁶ doi⁶ biu²

普通話 **關公面前耍大刀**

guān gōng miàn qián shuǎ dà dāo

例 句

彼は書道家に向かって書道の基本を説明していた。まさに釈迦に説法だね。

佢喺書法家面前講書法基本功。真係識少少，扮代表。

他在書法家面前講書法基本功。真是關公面前耍大刀。

解 說

有佛教信徒竟然不自量力向佛教創始人釋迦牟尼講佛經。日本人用「釈迦に説法」來比喻這種在專家面前賣弄的愚昧行為。

現代用這句話來：1. 勸諭不自量力的人；2. 作為開場白，表示謙虛；3. 冒犯了專家時道歉。「釈迦に説法」與中文「班門弄斧」類似。

284 鬼の目にも涙

おにのめにもなみだ

oni no me ni mo namida

直譯：鬼的眼睛也有淚水。

比喻：殘酷無情的人偶爾變得溫暖。

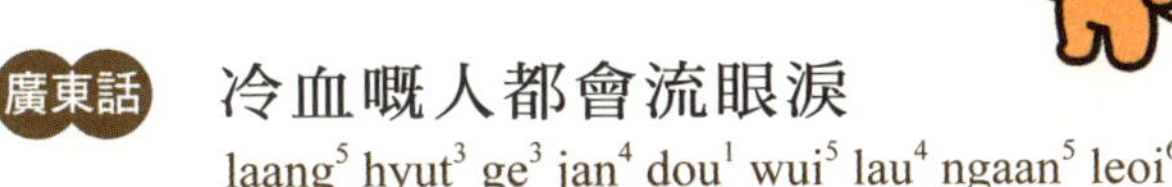

廣東話 冷血嘅人都會流眼淚

laang[5] hyut[3] ge[3] jan[4] dou[1] wui[5] lau[4] ngaan[5] leoi[6]

普通話 冷血的人也會流淚

lěng xuè de rén yě huì liú lèi

例 句

鬼コーチは私たちが優勝したのを見て目を真っ赤に腫らした。鬼の目にも涙とは意外だった。

我個魔鬼教練睇見我哋攞到冠軍，眼都紅晒。估唔到冷血嘅人都會流眼淚。

我的魔鬼教練看見我們拿到冠軍，眼睛都紅了。沒想到冷血的人也會流淚。

解 説

「鬼の目にも涙」來自江戶時代，當時稅吏代表統治者向平民收取年貢。因為這些稅吏利用職權壓迫人民，被民眾視作「惡魔」。但是這些「惡魔」偶爾也會放寬收取貢品的規定。

現代用這句話來比喻一個可怕的人偶爾會展現出溫暖的一面。例如：嚴厲的導師在學生畢業那天哭了。

285 地獄に仏

じごくにほとけ

jigoku ni hotoke

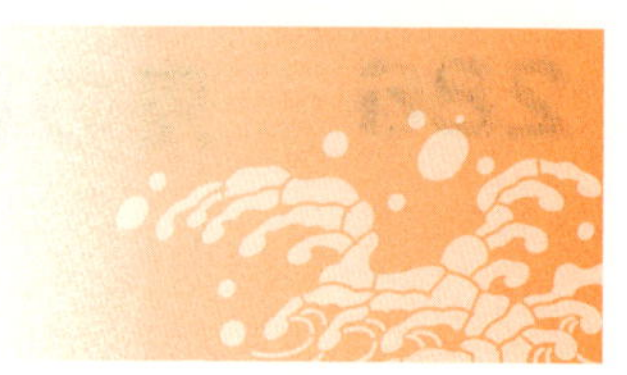

直譯：在地獄遇見佛。

比喻：在絕境中得到救援。

廣東話 有得救喇

jau5 dak1 gau3 laa3

普通話 得救了

dé jiù le

例句

道に迷った時に、出会った人が方向を教えてくれた。地獄に仏とはこのことだ。

我蕩失路，好彩有人話畀我聽點行。有得救喇。

我迷路了，幸好有人告訴我怎樣走。我得救了。

解說

在佛教影響下，日本信徒將佛陀視為救世主。當陷入如墮地獄般的絕境時，得遇佛陀即獲解脫。「地獄に仏」已經成為現代日本人的日常用語，使用情境包括：1. 在異鄉生活遇到困難時，有人出手相助；2. 迷路時有人指點迷津；3. 欠債時有人給予借貸優惠。

286 鬼の居ぬ間に洗濯

おにのいぬまにせんたく

oni no inu ma ni sentaku

直譯：在惡魔不在的期間洗衣服。

比喻：主管不在，可以為所欲為。

廣東話 冇王管可以做咩都得

mou[5] wong[2] gun[2] ho[2] ji[5] zou[6] me[1] dou[1] dak[1]

普通話 沒人監管可以為所欲為

méi rén jiān guǎn kě yi wéi suǒ yù wéi

例句

今日両親は留守だから、鬼の居ぬ間に洗濯だ。漫画を読もう。

今日爸爸媽媽唔喺屋企，冇王管可以做咩都得，我哋睇漫畫啦！

今天爸爸媽媽不在家，沒人監管可以為所欲為，我們看漫畫吧！

解說

「鬼の居ぬ間に洗濯」的「鬼の居ぬ間」比喻管理你的人不在，而「洗濯」比喻做自己喜歡做的事。這句話中的「鬼」通常指：父母、太太、老闆、主人。

287

仏の顔も三度まで

ほとけのかおもさんどまで

hotoke no kao mo san do made

直譯：佛祖的臉被摸三下。

比喻：容忍是有限度的。

廣東話 佛都有火

fat^6 dou^1 jau^5 fo^2

普通話 事不過三

shì bù guò sān

例　句

私のことを三回も騙したな。仏の顔も三度までだ。今度こそ警察に通報するぞ。

你已經呃咗我三次，佛都有火，今次我要報警喇。

你已經騙了我三次，事不過三，這次我要報警了。

解　説

江戶時代已經有很多人知道佛祖慈悲為懷，因而衍生出「仏の顔も三度まで」。現代日本人用這句話來比喻本來很寬容的人，受到無法忍受的對待也會憤怒。

288 触らぬ神に祟りなし

さわらぬかみにたたりなし

sawaranu kami ni tatari nashi

直譯：不接觸神明，就不會受到懲罰。

比喻：不要惹禍上身。

廣東話 費事唔衰攞嚟衰

fai3 si6 m4 seoi1 lo2 lai4 seoi1

普通話 免得自找麻煩

miǎn de zì zhǎo má fan

例句

お母さんは今カンカンに怒ってるから、やっぱり近寄るのはやめよう。触らぬ神に祟りなしだからね。

阿媽發緊脾氣。我都係走為上着，費事唔衰攞嚟衰。

媽媽正在發脾氣。我還是走為上策，免得自找麻煩。

289 来年のことを言うと鬼が笑う

らいねんのことをいうとおにがわらう

rainen no koto o iu to oni ga warau

直譯：提起明年的事，鬼都會笑你。

比喻：人不能預測未來，説也沒用。

廣東話 言之過早

jin4 zi1 gwo3 zou2

普通話 言之過早

yán zhī guò zǎo

例　句

まだ付き合い始めたばかりなのに、お母さんは来年結婚すればと言う。まさに来年のことを言うと鬼が笑うだね。

我啱啱開始拍拖，阿媽就叫我出年結婚，真係言之過早。

我剛開始約會，媽媽就叫我明年結婚，真是言之過早。

解　説

「来年のことを言うと鬼が笑う」的「鬼」指超自然的怪物。因為凡人無法預知未來，説不定明天就會離開人世，所以談論明年的事連「鬼」也覺得可笑。

這句話曾出現在明治時代的詞典《夜窗鬼談》(1889 年) 中：「言來年之事，為鬼所笑」。現代日本人聽到別人説明年的計劃時，便會用這句話來開玩笑。

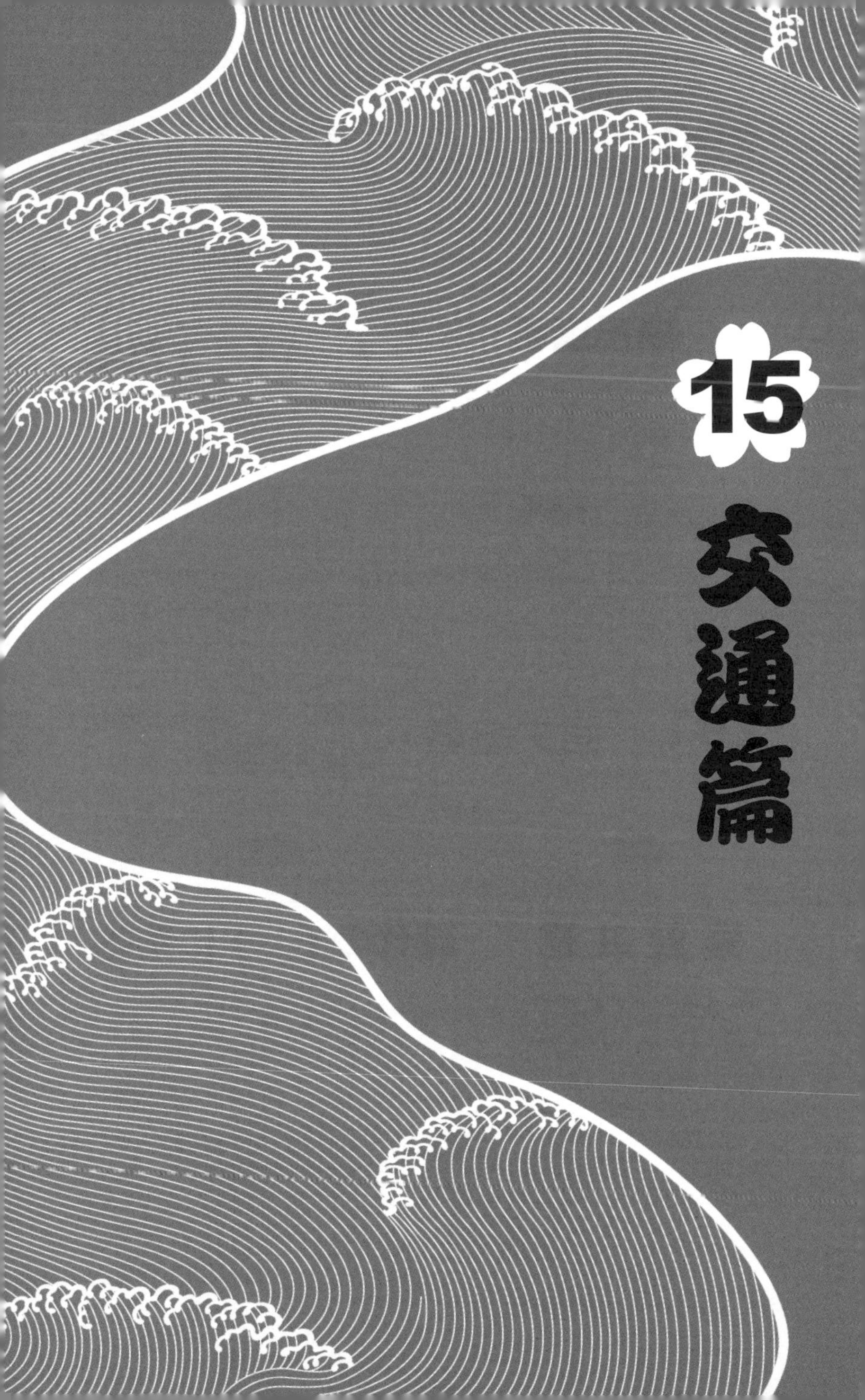

15 交通篇

290 語文遊戲

按照日文，填上中文對照空白處。

日文

順風満帆

じゅんぷうまんぱん

jun pū man pan

中文

(　　)(　　)風順

答案是**「一帆風順」**：(廣) jat[1] faan[4] fung[1] seon[6]，

(普) yī fān fēng shùn。

解說：以「順着風全速前進」來祝福別人或比喻自己生活 / 計劃一切順利。

291 語文遊戲

按照中文，選擇正確日文填入空白處。

中文

與 時 共 進

廣：jyu[5] si[4] gung[6] zeon[34]

普：yǔ shí gòng jìn

日文

時代の(　　)に乗る

(　　)是：1. 車 2. 船 3. 波

答案是 3**「時代の波に乗る」**：じだいのなみにのる，

jidai no nami ni noru。

解說：用「乘上時代浪潮」來比喻踏上軌道，自我積極改善，與時代一同前進。

292 軌道に乗る

きどうにのる

kidō ni noru

直譯：踏上軌道。

比喻：個人或者組織的發展順利。

廣東話 上軌道

soeng5 gwai2 dou6

普通話 上軌道

shàng guǐ dào

例句

この店を開いて三年目で、ようやく商売が軌道に乗った。

我開咗呢間鋪頭三年，生意終於上軌道喇。

我開這家店三年了，生意終於步上軌道了。

293 火の車

ひのくるま

hi no kuruma

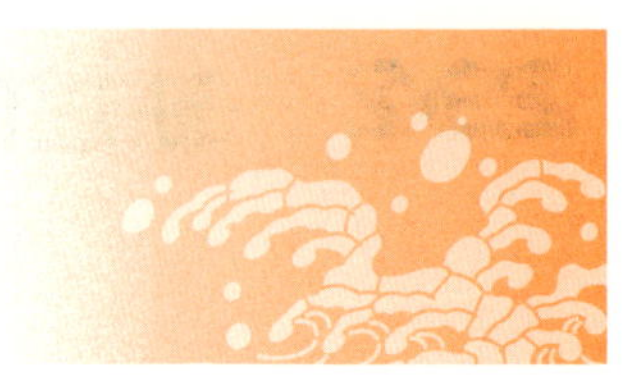

直譯：燃燒着通往地獄的車子。

比喻：生活貧困。

窮到燶

kung4 dou3 nung1

非常窮困

fēi cháng qióng kùn

例句

家計が火の車なので、仕事をいくつか掛け持ちしなくてはならない。

因為窮到燶，所以要打幾份工。

因為非常窮困，所以要做幾份工作。

解說

平安時代的《今昔物語集》和江戶時代的《奇異雜談集》都曾出現「火の車」。這句佛教用語用來警告大家不要作惡，因為生前作惡，死後會坐燃燒着的車子去地獄受苦。現代用這句話來比喻窮到錢包見底，沒有錢過活。

294 船を漕ぐ

ふねをこぐ

fune o kogu

直譯：划船。

比喻：打瞌睡。

瞌眼瞓

hap[1] ngaan[5] fan[3]

打瞌睡

dǎ kē shuì

例 句

彼は一晩中ゲームをしていたので、授業中船を漕いでいた。

佢成晚打機，所以上堂嗰陣瞌眼瞓。

他整晚打遊戲，所以上課時打瞌睡。

解 説

很多人白天坐着打瞌睡，頭部像划船一樣前後搖晃。日本人觀察到這種現象便用「船を漕ぐ」來比喻打瞌睡。

295 渡りに船

わたりにふね

watari ni fune

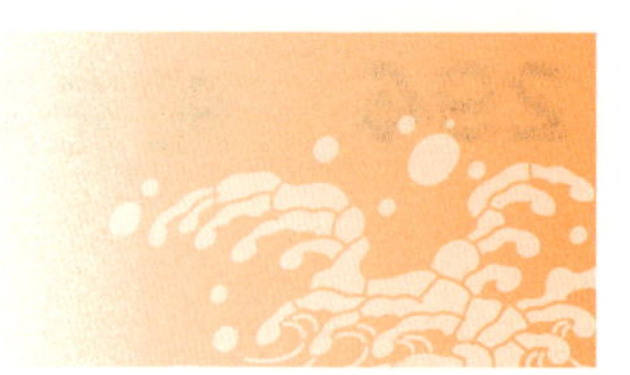

直譯：想過河，去到碼頭剛好有船。

比喻：想做一件事，剛好有人 / 事 / 物幫助你。

廣東話 求之不得

kau[4] zi[1] bat[1] dak[1]

普通話 求之不得

qiú zhī bù dé

例 句

アメリカでの生活を希望していたら、会社が私をアメリカ研修に行かせることになった。まさに渡りに船だ。

我想去美國生活，公司叫我去美國接受培訓，真係求之不得。

我想去美國生活，公司叫我去美國接受培訓，真是求之不得。

296 舵を切る

かじをきる

kaji o kiru

直譯：操縱船舵改變航行方向。

比喻：因應情勢，大幅度改變原定計劃。

廣東話 大幅度改變

daai[6] fuk[1] dou[6] goi[2] bin[3]

普通話 大幅度改變

dà fú dù gǎi biàn

例 句

デジタルテクノロジーは日々発達しているので、我が社も舵を切って全面的に電子化を導入することになった。

由於數碼科技發達，我哋公司都要大幅度改變 ，進行全面電子化。

由於數字技術發達，我們公司也要大幅度改變，進行全面電子化。

解 說

「舵を切る」的「切る」指改變原來行駛方向，這句話用來比喻進行大幅度改變。使用的對象包括：1. 個人，例如：因為健康問題，要完全改變飲食習慣；2. 組織：公司出現財政危機，要大量削減人手；3. 國家：因對外貿易出現嚴重問題，國家要改變政策。

297 口車に乗る

くちぐるまにのる

kuchi guruma ni noru

直譯：乘搭貨車。

比喻：被花言巧語欺騙上當。

廣東話 畀人氹落踏

bei^{2} jan^{4} tam^{3} lok^{6} daap^{6}

普通話 被哄騙

bèi hǒng piàn

例 句

私は販売員の口車に乗って、高額の化粧品を買わされた。

我畀推銷員氹落踏，用咗好多錢買化粧品。

我被推銷員哄騙，花了很多錢買化粧品。

解 說

江戶時代的「口車」是一種運貨車「大八車」。「口車に乗る」比喻愚蠢地聽了別人的花言巧語，心情大好便被矇騙。使用的情形包括：1. 高風險投資；2. 買貴價化粧品；3. 買套票健身；4. 簽不公平合約。

298

自転車操業

じてんしゃそうぎょう

jitensha sōgyō

直譯：騎自行車去工作。

比喻：缺乏資金經營，要不斷借貸周轉才能勉強維持業務。

廣東話 勉強維持業務

min⁵ koeng⁵ wai⁴ ci⁴ jip⁶ mou⁶

普通話 勉強維持業務

miǎn qiǎng wéi chí yè wù

例句

うちの社長は借金と返済を繰り返してどうにか自転車操業でやっている。

我嘅老細只係不斷噉借錢還錢，勉強維持業務。

我的老闆只是不斷地借錢還錢，勉強維持業務。

解說

一般生意人用借貸的方式來維持經營，如果周轉不靈，經營費用出現問題，也不想立即申請破產，讓公司倒閉。日本人用「自転車操業」來比喻勉強維持業務，因為騎自行車必須要不斷踩踏板，否則就會倒下。

299 助け舟を出す

たすけぶねをだす

tasuke bune o dasu

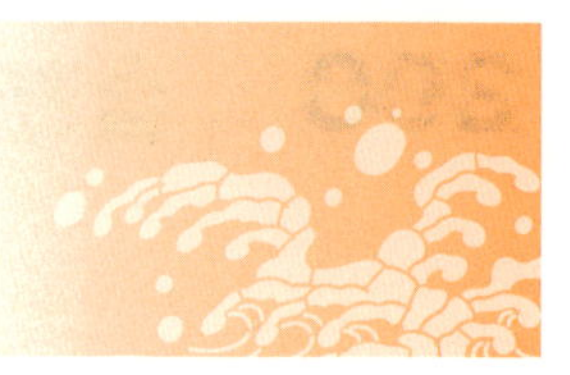

直譯：提供救生艇。

比喻：有困難時，有人或組織給予及時幫助。

廣東話 即刻幫手

zik1 hak1 bong1 sau2

普通話 馬上幫忙

mǎ shàng bāng máng

例句

私が問題を抱えていたときに、彼はすぐ助け舟を出してくれた。本当に感謝している。

我有問題嗰陣時，佢即刻幫手。我好感激佢。

我有問題的時候，他馬上幫忙。我很感激他。

解說

當一個人遇到很大的困難時，感覺像在海裏浮沉。「助け舟を出す」用來比喻有困難時馬上得到幫助。這句話的使用範圍包括：1. 個人，例如：沒有錢吃飯快餓死的時候，突然有人請吃飯；2. 組織：某間大企業受電腦黑客入侵，合作夥伴派專家去搶救；3. 國家：某國家發生嚴重疫情，其他國家的醫療團隊立即去支援。

300 大船に乗ったつもり

おおぶねにのったつもり

ōbune ni notta tsumori

直譯：坐了大船。

比喻：感覺安穩放心。

廣東話 放心

fong^{3} sam^{1}

普通話 放心

fàng xīn

例句

必ず助けてあげますから、大船に乗ったつもりでいてください。

我會幫你嘅，放心啦！

我會幫助你的，放心吧！

解說

「大船に乗ったつもり」來自大船不容易搖晃和下沉，比較穩妥。「大船」用來比喻一個值得倚靠的人，而有一個值得倚靠的人，便會放心。不同的身份說這句話重點不同，例如：1. 提供協助的人（上司、老師、教練）說：「有我在，你放心吧！」；2. 接受協助的人（下屬、學生、隊員）說：「有你在，我就放心了！」

附錄：日本歷代年表

時代名稱	讀音	西曆
縄文時代	じょうもんじだい Jōmon jidai	約 1 萬年—西元前 4 世紀
弥生時代	やよいじだい Yayoi jidai	西元前 3 世紀—西元後 3 世紀
古墳時代	こふんじだい Kofun jidai	3 世紀後半—6 世紀
飛鳥時代	あすかじだい Asuka jidai	6 世紀—710
奈良時代	ならじだい Nara jidai	710—794
平安時代	へいあんじだい Heian jidai	794—1192
鎌倉時代	かまくらじだい Kamakura jidai	1192—1333
室町時代 南北朝時代 戦国時代	むろまちじだい Muromachi jidai なんぼくちょうじだい Nanboku chō jidai せんごくじだい Sengoku jidai	1336—1573 1336—1392 1467—1573
安土桃山時代	あづちももやまじだい Azuchi Momoyama jidai	1573—1603
江戸時代	えどじだい Edo jidai	1603—1868
明治時代	めいじじだい Meiji jidai	1868—1912
大正時代	たいしょうじだい Taishō jidai	1912—1926
昭和時代	しょうわじだい Shōwa jidai	1926—1989
平成時代	へいせいじだい Heisei jidai	1989—2019
令和時代	れいわじだい Reiwa jidai	2019 至今

責任編輯　陳朝暉
裝幀設計　趙穎珊
排　　版　高向明
印　　務　龍寶祺

用漢字學日本慣用語——廣東話普通話對照300例

編　　著　李燕萍　片岡 新
出　　版　商務印書館（香港）有限公司
香港筲箕灣耀興道 3 號東匯廣場 8 樓
http://www.commercialpress.com.hk
發　　行　香港聯合書刊物流有限公司
香港新界荃灣德士古道 220-248 號荃灣工業中心 16 樓
印　　刷　美雅印刷製本有限公司
香港九龍觀塘榮業街 6 號海濱工業大廈 4 樓 A 室
版　　次　2025 年 7 月第 1 版第 1 次印刷

ISBN 978 962 07 0695 0
Printed in Hong Kong